J. J. Preyer

Rosmarie Weichsler und das Lächeln des Teufels

J. J. Preyer

ROSMARIE WEICHSLER und das Lächeln des Teufels

Kriminalroman

ENNSTHALER VERLAG STEYR

Jede Ähnlichkeit mit lebenden oder toten Personen und realen Handlungen ist zufällig und nicht beabsichtigt.

www.ennsthaler.at

ISBN 978-3-85068-912-0

J. J. Preyer
Rosmarie Weichsler und das Lächeln des Teufels

Ennsthaler Gesellschaft m.b.H. & Co KG, 4400 Steyr, Österreich
Satz & Umschlaggestaltung: Thomas Traxl
Bildnachweis Titelbild: Elisanth – fotolia.de
Druck & Bindung: Těšínská Tiskárna, Český Těšín
Gedruckt auf Munken Premium Cream 80 g

FSC www.fsc.org MIX Papier aus verantwortungsvollen Quellen FSC® C005833

Inhaltsverzeichnis

Die ganze Welt ist eine Bühne
und alle Frauen und Männer bloße Spieler.
Sie treten auf und gehen wieder ab, sein
Leben lang spielt jeder manche Rollen.

Shakespeare
(übersetzt von August Wilhelm Schlegel)

1. Das Lächeln des Teufels

»Du siehst aus wie eine Rose, Rosmarie«, schmeichelte Herbert Frühauf seiner festlich herausgemachten Begleiterin.

Für Rosa Weichsler war der Vergleich nachvollziehbar. Das ihrer Augenfarbe entsprechende grüne Satinkleid, das sie trug und ihr rotes Haar verleiteten zugegebener Maßen zu diesem poetischen Bild. Sie selbst allerdings, hätte sie die Wahl gehabt, hätte die Paeonia officinalis gewählt. Rosa Weichsler war wie die Pfingstrose nicht eben die Fragilste. Sie strotzte von Leben und Energie und wog, wie sie fand, um mindestens zehn Kilo zu viel für ihre bescheidene Größe. Sie reichte dem 1,76 Meter großen Chefinspektor bis zu den Schultern.

»Ja, ein perfekter Abend«, lenkte Rosa Weichsler vom Kompliment ihres Begleiters ab, als sie die Treppe in den Schlossgraben hinunterstiegen. Es war Viertel vor acht und noch hell. Die auf einem Podium aufgestellten Stühle waren zum Großteil schon besetzt.

Herbert Frühauf steuerte auf die zweite Reihe zu. Als Chefinspektor der Steyrer Bundespolizeidirektion hatte er exzellente Freikarten erhalten.

»Ein wunderschöner Abend, fast so schön wie du«, ließ er sich im Lob nicht beirren und verfehlte die Wirkung nicht. Ein rosaroter Hauch der Verlegenheit legte sich auf Rosa Weichslers runde Wangen.

Wieder wollte sie die abgehobene Stimmung etwas dämpfen, indem sie nach den Dornen der Rose fragte, doch Herbert Frühauf hatte das überhört oder wollte es nicht hören. Er war anderweitig beschäftigt.

Die zweite Reihe war bereits voll besetzt, bis auf die zwei für Frühauf und Rosa bestimmten Stühle in der Mitte. Der Chefinspektor, der voranging, entschuldigte sich bei allen, die aufstehen mussten, grüßte mit einer leichten Verbeugung. Mit einem Wort: Der Mann wusste, was sich schickte. Und Rosa Weichsler wusste, warum er das wusste. Seine Mutter hatte ihm schon in frühen Jahren, als die beiden ein Abonnement im Stadttheater hatten, beigebracht, dass man bei solchen Gelegenheiten den sich Erhebenden auf gar keinen Fall den Rücken zuwenden dürfe. Liliane Frühauf hatte in diesem Zusammenhang etwas drastischer von *Hintern* gesprochen. Der gebildete Theaterbesucher schaute den Leuten, die seinetwegen aufstehen mussten, ins Gesicht. Und entschuldigte sich.

Rosa Weichsler fühlte sich beim Anblick ihres Freundes, in all seiner tapsigen Gutmütigkeit, an einen Bernhardiner erinnert. Ein Bernhardiner, der zu diesem Theaterabend geputzt und gestriegelt, in einem perfekt aufgebügelten schwarzen Anzug erschienen war. Am linken Revers seines Sakkos trug er wie immer die weiße Perle, die auf seine Mitgliedschaft beim Gesellschaftsverein Schlaraffia verwies.

Wie es sich gehörte, nahm Herbert Frühauf erst Platz, nachdem seine Begleiterin sich niedergesetzt hatte, an ihrer linken Seite, selbstredend. Dann reichte er ihr ein Programm für die Aufführung von Hugo von Hofmannsthals Mysterienspiel *Jedermann*.

Es war so warm bei dieser Freiluftaufführung im Graben des Steyrer Schlosses, dass Rosa Weichsler die mitgebrachte weiße Strickjacke nicht trug, sondern als Kissen auf den harten Kunststoffsessel legte.

»Ich bin gespannt auf die beiden«, flüsterte sie dem Chefinspektor zu. Sie hatte die Stimme gesenkt, obwohl die Vorstellung noch nicht begonnen hatte.

»Es wird ein schöner Abend werden, Rosmarie«, gab sich Frühauf zuversichtlich und weckte damit Rosa Weichslers Misstrauen.

Frühauf hatte sich schon oft getäuscht. Wenn man sich ehrlich war, eigentlich immer. Er war berühmt für seine Fehleinschätzungen in privaten sowie dienstlichen Belangen. Rosa Weichslers scharfer Verstand und ihre Intuition hatten ihn vor allerlei Blamagen bewahrt. Ein Umstand, der die beiden in Freundschaft verband. Sie liebte seine brummige Tapsigkeit, er ihr detektivisches Talent.

Und in all den Jahren, in denen sie sozusagen zusammenarbeiteten, war er nie hinter Rosa Weichslers großes Geheimnis gekommen. Sie schmunzelte, als sie daran dachte. Und er würde es auch nicht. Niemals.

Vom schmalen Glockenturm des Schlosses Lamberg schlug die Uhr achtmal, ein Trompetensignal erklang, und der Intendant der Sommerspiele betrat die Bühne.

Nur wenige der an die 250 Zuschauer applaudierten, der Mann verbeugte sich überschwänglich und begrüßte den Bürgermeister in der Reihe vor Rosa Weichsler und Herbert Frühauf, den Leiter des Kulturamtes der Stadt sowie deren *Gemahlinnen*, wie er sich ausdrückte.

»Ein schmieriger Typ«, zischte Rosa Weichsler dem Chefinspektor zu. Dieser nickte stumm und dachte vermutlich an die Dornen seiner Rose. Er selbst wollte die feierliche Stimmung des Abends nicht durch böse Worte stören.

Die Rede, zu der Siegfried Hagen, der in Rosmarie Weichslers Augen einem Schweinshund glich – als solche pflegte sie die Bullterrier zu bezeichnen – angehoben hatte, nahm kein Ende. Der Mann liebte es, auf der Bühne zu stehen. Das Selbstlob, in dem er sich suhlte – wieder dachte Rosmarie Weichsler an den Schweinshund – reichte von der Gründung der Festspiele vor vierzehn Jahren bis zu seiner besonderen Freude, dass es ihm dieses Jahr gelungen war, zwei wirkliche Stars für die Festspiele zu gewinnen, und zwar Lou Marold für die Rolle der Buhlschaft und Roger Foltin für den Jedermann. Das Stück vom Sterben des reichen Mannes hatte er selbst ausgesucht, weil es wichtig sei, in wirtschaftlich bewegten Zeiten darauf hinzuweisen, dass Geld nicht alles sei im Leben der Menschen, dass es daneben noch Werte wie Liebe, Freundschaft, Solidarität und Familie gebe. In diesem Zusammenhang begrüßte er seine Frau Anita und die Kinder Christa und Christian, die ebenfalls in der ersten Reihe Platz gefunden hatten.

»Magersüchtige Ziege«, zischte Rosa Weichsler und meinte damit Hagens Frau.

»Auch wenn der Mammon, wie es in Hofmannsthals Drama heißt, nicht alles bedeutet«, gab sich der Intendant weihevoll, »im Leben der Menschen«, fand er, »lässt sich seine Bedeutung nicht verleugnen. Aus diesem Grund möchte ich darauf hinweisen, dass die Aufführungen des *Jedermann* im Steyrer Schlossgraben und bei Schlechtwetter im Alten Theater … aber glücklicherweise haben wir heute einen wunderbaren milden Sommerabend …« An dieser Stelle blickte der Intendant etwas verloren ins Publikum. Er hatte den Faden verloren, aber seine Frau erwies sich als exzellente Souffleuse.

»Bank«, rief sie ihrem Gatten zu.

»Ja, natürlich«, nahm dieser den Hinweis auf. »Ich danke der Stadtgemeinde Steyr für die Finanzierung der Aufführungen und der Sparkasse der Stadt, die unser größter Sponsor ist.«

»Und die Eintrittskarten sind auch nicht ganz billig«, sagte Rosa Weichsler zu Frühauf, der ihr verschwiegen hatte, dass er die Karten gratis erhalten hatte.

»Hugo von Hofmannsthal lebte von 1874 bis 1929. Er …«

An dieser Stelle von Siegfried Hagens Rede begann jemand zu applaudieren, und immer mehr Zuschauer schlossen sich ihm an, bis der tosende Beifall den Intendanten am Weitersprechen hinderte. Er verbeugte sich und ging ab.

Wieder ertönte das Trompetensignal, dann begrüßte der Spielansager in altertümelndem Deutsch die noch immer unruhigen Zuschauer.

Mein Gott, dachte Rosa Weichsler, diese Aufführung würde ein Reinfall werden. Das alles war mehr als antiquiert.

Auch der nun folgende Auftritt von Gott und Tod konnte das Publikum nicht überzeugen. Die Privatgespräche im Schlossgraben gingen munter weiter.

Erst Roger Foltin, der als Jedermann aus dem hell erleuchteten Barockpavillon des Schlosses trat, brachte die Menschen zum Schweigen. Er war ein auffallend großer, athletischer Mann mit einer tiefen, verrauchten Stimme, die auch den vertracktesten Versen Hofmannsthals Bedeutung verlieh.

Was für ein Mann, dachte Rosa Weichsler und betrachtete abwechselnd den Schauspieler auf der Bühne und Herbert Frühauf an ihrer Seite. Der Chefinspektor wirkte geradezu kläglich gegen das Symbol der Männlichkeit auf der Bühne. Der Vergleich zwischen Edelobst und Mostbirne drängte sich auf. Jede Geste, jedes Wort war von viriler Energie durchflutet.

Wenn Roger – Rosa Weichsler verwendete in Gedanken den Vornamen des Stars – einen vernünftigen Text zu sprechen hätte, wäre ihr Glück perfekt. So trösteten sie Aussehen und Klang über holprige, dümmliche Verse hinweg.

Frühauf wiederum zeigte sich besonders aufmerksam, als Jedermanns Mutter auftauchte und ihren Sohn mahnte, doch endlich zu heiraten. Der Chefinspektor saß kerzengerade in seinem Sessel und hielt den Mund leicht geöffnet, als er von der Bühne folgende Worte vernahm:

Du bist ein stattlicher Mann
Und Fraulieb steht dir wohl an.
Und hat denn unser Erlöser nicht,
Der weiß, woran es uns gebricht,
Und alles auf dieser Erden kennt
Und alles zu unsrem Segen wendt,
Ein Sakrament nit eingesetzt
Wodurch was also dich ergetzt
Verwandelt wird und kehrt sich um
Aus Wollust in ein Heiligtum!
Willst stets in arger Zucht umtreiben
Und fremd die heilige Eh dir bleiben?

Die Darstellerin der Mutter war eindeutig Laienschauspielerin, im Gegensatz zu Roger Foltin, der den Text mit feiner Ironie begleitete und augenzwinkernd Kontakt zum Publikum suchte.

Wer kannte eine solche Mutter nicht, die den Sohn eigentlich für sich behalten wollte und doch immer wieder von Heirat sprach!

Rosa Weichsler dachte an Liliane Frühauf, die Mutter des Chefinspektors, die wohl der Grund war, warum der Mann bis heute als Single lebte. Eine kluge, robuste Frau. Zu klug für Rosas Verhältnisse. Sie schien sie und ihr Geheimnis längst durchschaut zu haben, obwohl sie dazu schwieg.

Rosa Weichsler wartete nun gespannt auf den Auftritt des zweiten großen Stars des Abends, auf Lou Marold als Buhlschaft, der durch zarte Musik und einen Hauch Parfüm angekündigt wurde, der sich über die Zuschauer legte.

Lou Marold, die auf die Bühne tanzte, hielt ein Windlicht in der Hand, das ihrem Gesicht und dem tiefen Dekolletee ein warmes Leuchten verlieh.

Was für eine schöne Frau! Und was für eine Persönlichkeit! Die rauchig-tiefe Stimme, die einen Hauch Vulgarität anklingen ließ, erinnerte an Marlene Dietrich. Man sehnte sich geradezu, die Schauspielerin auch singen zu hören, und tatsächlich stimmte sie ein Trinklied an, das im Originaltext des Stückes, den Rosa Weichsler in den ruhigeren Stunden in der Trafik gelesen hatte, nicht vorkam.

Roger Foltins tiefe Stimme mischte sich in den Gesang, die Buhlschaft hörte zu singen auf, die begleitende Musik verstummte, sodass nur mehr die hallende Stimme des Mannes zu hören war. Verzweifelt in ihrer Verlassenheit.
Auch die Buhlschaft bekam es mit der Angst zu tun, und sie fragte ihren Liebhaber:

Dein Blick ist starr und fürchterlich,
Für was willst du mich strafen, sprich!

Dieser antwortete:

Dich strafen, Süße, ist mir fern,
Lieb dich gleich meinem Augenstern,
Hab müssen denken von ungefähr
Wie deine Miene beschaffen wär,
Wenn dir auf eins zukäm die Kund,
Dass ich müsst sterben zu dieser Stund.

Die Buhlschaft versicherte ihm ewige Treue:

Um Christi Willen, was ficht dich an,
Mein Buhle traut, mein lieber Mann,
Ich bin bei dir, sieh doch auf mich,
Dein bin ich heut und ewiglich.

Ein abgrundtief schlechtes Stück, fand Rosa Weichsler. Der Ablauf der Handlung war voraussehbar bis zur letzten Minute.

Jedermann erwies sich als hartherziger Mann, dem ausschließlich Geld, Genuss und oberflächliche Beziehungen wichtig waren. Er wurde anfangs in all seiner moralischen Kläglichkeit bloßgestellt, dann gemartert, um schließlich geläutert was zu tun? Das einzige Spannungsmoment für Rosa Weichsler in diesem Reimegeklapper – ach was – Geplapper – es war nicht mehr als das, in diesem Geplapper, erschöpfte sich in der Frage, ob Jedermann die religiöse Folter überlebte oder nicht. Und auch das wusste sie, seit sie das Stück gelesen hatte. Jedermann starb.

Ein Ende, das sie ungeduldig herbeisehnte, als sich ihre Stimmung nach schier endloser Qual beim Auftritt Gottes mit einem Schlag änderte.

Gott war erstens eine Frau und war als Teufel verkleidet, der einen weißen Umhang trug.

Einige Zeit und viele holpernde Verse später trat eben diese Schauspielerin als Teufel auf. Ein böser, verderbter Satan, der mit seinen tänzerischen Bewegungen, der gebrochenen Stimme und dem bleichen Gesicht auf Rosa Weichsler bedrohlich wirkte.

Sie ahnte, ja wusste mit einem Mal, dass an diesem Abend ein Unglück geschehen würde, dass ein Mensch ums Leben kommen würde, und zwar hier im Schlossgraben.

Sie schaute auf ihren Begleiter, ob auch er das drohende Unheil spürte. Doch Herbert Frühauf spürte nichts. Er war eingeschlafen und saß mit gesenktem Kopf und weit geöffnetem Mund zu ihrer Linken.

Nach dem Abgang des Teufels mühte sich die Aufführung schwerfällig ihrem Ende entgegen.

Jedermann stieg, um Gottes Gnade flehend, in sein Grab und der Darsteller des Glaubens sprach die letzten Worte:

Nun hat er vollendet das Menschenlos,
Tritt vor den Richter nackt und bloß
Und seine Werke allein,
Die werden ihm Beistand und Fürsprech sein.
Heil ihm, mich dünkt es ist an dem,
Dass ich der Engel Stimmen vernehm,
Wie sie in ihren himmlischen Reihn
Die arme Seele lassen ein.

Brrrr! Das war ganz einfach schlecht. Nackt und bloß, Beistand und Fürsprech. Wer so etwas schrieb, war kein Dichter, kein Schriftsteller. Hofmannsthal war ein heillos überschätzter Stümper, fand Rosa Weichsler und stupste mit dem linken Ellbogen den Chefinspektor an, der aus seinen Träumen hochschrak und sich dem allgemeinen Applaus anschloss, im Gegensatz zu seiner Begleiterin, die erst klatschte, als der Teufel auf die Bühne zurückkam, mit funkelnden Augen in die Menge starrte und sich nicht verbeugte.

Was für eine imposante Erscheinung!

Die Vorstellung war vorbei. Was sollte jetzt noch geschehen? Die Schauspieler hatten sich vollzählig auf der Bühne versammelt, auch der Regisseur, die Souffleuse, einige Techniker und der Trompetenbläser verbeugten sich. Und natürlich der Intendant, der einen Kelch vom Festtisch des Jedermann nahm, den Schauspielern und dem Publikum zuprostete und trank.

Im nächsten Moment begann er zu wanken und glitt zu Boden. Seine Frau in der Reihe vor Rosa Weichsler und Chefinspektor Frühauf war aufgesprungen und eilte auf die Bühne. Roger Foltin trat zu dem Gefallenen und redete auf ihn ein.

In all dem Tumult war nur eine einzige ruhig geblieben. Die Darstellerin des Teufels. Sie blickte in das Publikum und schien zu lächeln.

»Ein Arzt. Ist ein Arzt im Publikum?«, rief der Regisseur, hilflos mit den Armen in der Luft rudernd.

Diese Geste verriet Rosa Weichsler, dass es zu spät war, dass kein Mediziner der Welt Siegfried Hagen helfen konnte.

»Du musst auf die Bühne. Er ist ermordet worden«, sagte sie zu ihrem Begleiter.

»Wie, was?«, fragte dieser, noch immer etwas desorientiert.

»Der widerliche Intendant. Jemand hat ihn vergiftet.«

Inzwischen war ein Arzt auf die Bühne geeilt. Dr. Reinhard Mayrhuber lockerte die Krawatte und öffnete den Hemdkragen des auf dem Boden Liegenden. Dann erhob er sich und winkte schweigend Herbert Frühauf zu sich.

Rosa Weichsler folgte ihrem Begleiter auf das Podium.

»Ich kann leider nichts mehr machen. Exitus. Bittermandelgeruch. Cyanwasserstoff, Nitrit der Ameisensäure.«

»Blausäure«, sagte Rosa Weichsler mehr zu sich selbst. Jemand hatte Gift in den Kelch getan, aus dem der Intendant getrunken hatte.

Jetzt war der Chefinspektor voll aus dem Dämmerzustand erwacht, in den ihn die Aufführung versetzt hatte. Entschlossenen Schrittes bewegte er sich auf den Regisseur zu und bat ihn zu bleiben.

»Alle anderen«, sagte Frühauf, »können nach Hause gehen, müssen aber mit einer Einvernahme in den nächsten Tagen rechnen.« Dann wandte er sich zum Publikum: »Wir haben einen bedauerlichen Todesfall zu beklagen. Ich muss Sie bitten, den Ort des Geschehens in aller Ruhe zu verlassen.«

»Was ist los? Was ist mit meinem Mann?«, rief die Frau des Intendanten.

»Doktor Mayrhuber wird sich Ihrer annehmen«, sagte der Chefinspektor.

Die Buhlschaft weinte. Der Teufel lächelte.

2. Die Karten der Souffleuse

Rosa Weichsler war erst gegen halb drei ins Bett gekommen. Zuerst hatte sie an der Seite des Chefinspektors ausgeharrt, um ihm einerseits in den Ermittlungen beizustehen, andererseits wollte sie in diesem Fall von Anfang an auf dem Laufenden bleiben. Frühauf würde mit an Sicherheit grenzender Wahrscheinlichkeit eine falsche Fährte aufnehmen, einen Unschuldigen, ob Mann oder Frau, verdächtigen und diesen Menschen am Ende entweder ins Gefängnis oder sich um seinen Job bringen.

Als sie kurz nach ein Uhr endlich zu Hause war, wollte ihre Zwillingsschwester Marie wissen, wie der Abend gelaufen war, dann rief noch Frühaufs Mutter an.

»Weichsler«, meldete sich Rosa.

»Wer genau? Spreche ich mit Rosa oder mit Marie?«, erkundigte sich die Frau mit für ihr Alter und die fortgeschrittene Stunde erstaunlich kräftiger Stimme.

»Wie meinen Sie das?«, fragte Rosa.

Ihr und ihrer Schwester war es wichtig, in der Öffentlichkeit als eine Person aufzutreten, nämlich als Rosmarie Weichsler.

»Meinem Sohn können Sie das vormachen, mich täuschen Sie nicht«, sagte Liliane Frühauf. »Es ist wohl eindeutig, dass er mit zwei verschiedenen Frauen unterwegs ist. Wenn sie einander auch sehr ähnlich schauen.«

»Aber nein, ich versichere Ihnen …«

»Keine Angst. Ich verrate es ihm nicht. Dieses Geheimnis bleibt unter uns. Solidarität unter Frauen, sozusagen.«

»Ich weiß nicht …«

»Kein Wort mehr zu diesem Thema. Was ist heute Abend passiert? Herbie hat sich geweigert, mir irgendetwas zu verraten. Das macht er immer, wenn er verwirrt ist.«

»Ein Mord, Frau Frühauf. Am Ende der Premiere der Sommerspiele im Schlossgraben.«

»Jedermann.«

»Jedermann.«

»Wer?«

»Der Intendant.«

»Das Schwein?«

»Wie?«

»Siegfried Hagen. Eine üble Figur. Er wollte nicht zahlen.«

»Wie meinen Sie das, Frau Frühauf?«

»Er hat uns eine viel zu teure Gebäudeversicherung angedreht. Ich habe Herbie vor ihm gewarnt. Aber weil sie demselben infantilen Verein angehören, wollte er unbedingt mit Hagen ins Geschäft kommen …«

»Welcher Verein?«, fragte Rosa Weichsler.

»Schlaraffen. Jedenfalls wollte er nicht zahlen, als der Sturm unser Dach beschädigte. Ich musste mich an die Versicherungszentrale wenden. Hat ihn jemand erstochen?«

»Nein.«

»Erschossen?«

»Vergiftet.«

»Das kann nur seine Frau gewesen sein.«

»Warum?«

»Sie ist eine giftige Person.«

»Wir … ich werde diesem Hinweis nachgehen.«

»Sie halten mich auf dem Laufenden.«

»Wenn Sie das Geheimnis wahren.«

»Welches Geheimnis, teure Rosmarie? Habe ich irgendetwas von einem Geheimnis gesagt?«

»Natürlich nicht. Danke.«

»Nicht der Rede wert.«

All das musste Rosa mit ihrer Schwester bereden. Kein Wunder, dass sie erst spät ins Bett kam und dann lange nicht einschlafen konnte.

Als sie dann endlich schlief, träumte sie von Hugo. Hugo von Hofmannsthal, der gegen die ungerechte Beurteilung durch einen literarischen Laien wie Rosa protestierte. Diese wiederum beschied dem Poeten, dass sie von seiner Frauenfeindlichkeit wisse, dass er ein verkappter Homosexueller und zu feig gewesen sei, mit Stefan George zu schlafen. Seine schriftstellerischen Hervorbringungen seien kläglich gewesen, ohne originelle Ideen, ohne eigenständige Form. Sein Lebensinhalt sei die Krise gewesen, in der er sich divenhaft mithilfe seines Chandos-Briefes geradezu gesuhlt habe. Der Umstand, dass man ihn nicht völlig vergessen habe, sei ausschließlich der Musik von Richard Strauss zu verdanken.

»Wenn Sie mir jetzt auch noch meine jüdische Herkunft und den Selbstmord meines Sohnes vorwerfen …«

»Unsinn«, unterbrach ihn Rosa Weichsler. »Sie wollen vom Thema ablenken.«

»Gut, bleiben wir beim Thema. Das Stück *Jedermann.* Es wurde nicht vertont und hat sich dennoch auf den Bühnen gehalten.«

»Weil es so schlecht ist. Das ist der Grund. Und weil es zwei große Rollen für so genannte Stars bietet.«

»Ach, gehen Sie doch zum Teufel. Wie komme ich dazu, mich mit Ihnen zu unterhalten!«, fauchte Hofmannsthal und entschwand.

Rosa Weichsler erwachte mit dem Wort *Teufel* auf den Lippen.

Hatte der Teufel den Intendanten geholt? Das wäre doch zu offensichtlich. Und doch lohnte es sich, dieser Spur nachzugehen.

Rosa Weichsler lag bis zum Morgen wach im Bett und war froh, dass ihre Schwester Vormittagsdienst in der Trafik hatte.

»Du hast gut geschlafen. Du bist so frisch heute Morgen«, begrüßte Herbert Frühauf Marie Weichsler in der Trafik am Steyrer Schloss. Er kaufte jeden Morgen die auflagenstarke Boulevardzeitung des Landes, weniger der Lektüre wegen, als um seine Rosmarie zu sehen, bevor er seine Dienstelle aufsuchte, die ebenfalls im Schloss untergebracht war.

»Und?«, schaute er sie hoffnungsvoll an, »hast du schon eine Idee, wer Siegfried Hagen auf dem Gewissen hat? Wenn man von einem Motiv ausgeht, käme die ganze Stadt in Frage.«

»Für mich ist es noch zu früh, mich auf jemanden festzulegen«, erwiderte Marie, die den Stapel mit den Morgenzeitungen öffnete, der in den frühen Morgenstunden vor der Trafik abgelegt worden war und stellte die Gegenfrage: »Und du? Wie siehst du den Fall?«

»Mir gefällt der Teufel ganz und gar nicht.«

Marie Weichsler sagte nichts dazu. Sie wusste nicht, was Frühauf damit meinte. Sie musste erst ihre Schwester dazu befragen.

Frühauf jedoch interpretierte ihr Schweigen als Kritik und begann sich zu verteidigen: »Der Regisseur hat mir erzählt, dass die Frau, die den Teufel spielt, schon einmal bei einer der Proben etwas in die Getränke der Schauspieler geschüttet hat, ein Abführmittel. Die Schauspieler haben seitdem das Trinken nur angedeutet.«

»Mit Ausnahme des Intendanten, wie sich gezeigt hat. Nein, ich bin noch nicht so weit.«

»Aber du hast doch Ideen«, ließ Frühauf nicht locker.

»Die habe ich, natürlich. Nicht die ganze Stadt kommt für

den Mord in Frage, sondern nur Leute, die Zugang zur Bühne hatten.«

»Natürlich. Das ist selbstverständlich.«

»Und wer hatte Zugang zur Bühne?«, fragte Marie Weichsler.

»Die Schauspieler.«

»Die Techniker. Alle, die irgendwie an der Aufführung mitwirkten.«

»Die Frau des Ermordeten, die Kinder.«

»Die Schlaraffen«, ergänzte Marie Weichsler.

Sie erinnerte sich daran, dass ihre Schwester von einer Führung für die Schlaraffen und ihre Angehörigen vor der Vorstellung erzählt hatte, die sie absichtlich versäumt hatte, indem sie den Aufbruch von ihrem Haus so lange hinausgezögert hatte, bis es zu spät dafür gewesen war.

Ein Fehler, wie sich jetzt herausstellte. Rosa hätte möglicherweise eine interessante Beobachtung machen können.

Das Gespräch zwischen Trafikantin und Inspektor wurde immer wieder durch Kunden unterbrochen, die sich mit Zeitungen und Zigaretten versorgten.

»So, jetzt störe ich dich nicht mehr. Halte Augen und Ohren offen! Vielleicht erfährst du etwas über die Beteiligten«, verabschiedete sich Frühauf.

Die meisten Kunden wussten nicht vom Tod des Intendanten. Zeitungen und Fernsehen berichteten noch nicht darüber, nur im Radio hatte es eine Nachricht dazu gegeben.

Kurz vor neun besorgte sich wie jeden Tag Bert Schober seine Memphis-Zigaretten. Drei Packungen. Der Redakteur des *Tagesboten* war starker Raucher.

»Keine hundert Meter von hier entfernt wurde Siegi ermordet«, stellte er fest.

Die Trafik, die die Schwestern Weichsler von ihrem Vater übernommen hatten, war an die äußere Schlossmauer angebaut.

»Und keine hundert Meter weiter befindet sich die Bundespolizeidirektion mit ihrem Ermittler Herbert Frühauf«, stellte Marie Weichsler fest. »Ein Kraftfeld der Ereignisse in diesem Fall.«

»Diese Formulierung muss ich mir merken. An Ihnen ist ein Journalist verlorengegangen«, sagte Schober und steckte sich eine Zigarette an.

Lächelnd las er die Warnung auf der soeben geöffneten Packung: *Rauchen kann Ihre Gesundheit gefährden.*

»Siegi hat nicht geraucht und ist jetzt tot. Ich lebe noch. Soviel zu diesem Thema«, meinte er.

»Sie kannten Herrn Hagen?«

»Wer kannte ihn nicht? Er hatte in dieser Stadt überall seinen Nassen drin.« Verschämt ob dieser Aussage senkte er seinen Blick und entschuldigte sich.

»Keine Ursache«, beruhigte ihn Marie Weichsler.

»Ja, und ich kannte ihn von den Schlaraffen her.«

Schon wieder die Schlaraffen, dachte Marie Weichsler. Ein weiteres Kraftfeld in diesem Fall.

»Irgendjemand muss doch Fotos gemacht haben von der Aufführung«, überlegte der Journalist.

»Wenn es nicht verboten war, Fotos zu machen.«

»Das ist heutzutage kein Problem. Man kann mit jedem Handy Aufnahmen machen, ohne dass es jemand bemerkt.«

»Sie meinen …«

»Es wäre«, sagte der Redakteur, »zumindest eine Möglichkeit, zu sehen, wer bei den Getränken war.«

»Sie könnten einen Aufruf in die Zeitung geben, mögliches Material anonym an Sie zu senden.«

»Per E-Mail. Eine gute Idee. Ich weiß, was ich an Ihnen habe, Rosmarie.«

»Ich auch«, erwiderte diese. Und Schober war sich nicht im Klaren, ob er soeben ein Kompliment oder Eigenlob vernommen hatte.

Dann rief Rosa Weichsler bei ihrer Schwester an und teilte ihr mit, dass sie Monika Hauser gebeten habe, sie am Nachmittag in der Trafik zu vertreten. So konnte zumindest eine von ihnen ermitteln, ohne dass das Geheimnis der Zwillingsschwestern verraten wurde.

»Ich werde sie bitten, sich auch an den kommenden Tagen bereitzuhalten«, sagte Marie Weichsler und erkundigte sich nach der Darstellerin des Teufels.

»Warum fragst du, Rosa?«

»Frühauf verdächtigt sie.«

»Ein sicheres Zeichen, dass die Frau unschuldig ist.«

»Er hat erzählt, dass – ich weiß nicht einmal, wie sie heißt …«

»Viola Gattinger.«

»… dass diese Gattinger schon einmal die Getränke auf der Bühne manipuliert hat. Allerdings nur mit einem Abführmittel.«

»Sie wirkte ziemlich authentisch als Teufel.«

»Du verdächtigst sie auch?«

»Wie gesagt, wenn Frühauf sie nicht in Verdacht hätte, wäre sie ein möglicher Täter.«

»Eine erste Spur, also.«

»Und sonst?«

»Noch nichts Dramatisches. Schober sucht nach heimlich gemachten Fotos.«

»Gut. Du kommst zum Mittagessen.«

»Alles klar. Was gibt es?«

»Marillenknödel.«

»Erdäpfel- oder Topfenteig?«

»Was du willst.«

»Topfen.«
»Ist mir auch lieber.«
»Wirklich?«
»Schließlich sind wir Zwillinge und lieben denselben Mann.«
»Von *lieben* kann keine Rede sein.«
»Auch darin sind wir uns einig.«

Um Viertel vor elf betraten eine große, stattliche Frau und eine etwas verwachsen wirkende Kleine das Geschäft. Die Große gab drei Lottotipps auf, die Zierliche erwarb Frauenzeitschriften.

Von den beiden erfuhr Marie Weichsler, dass für elf eine Krisensitzung im Schlossrestaurant anberaumt war. Die Frage, ob trotz des Todes des Intendanten weitergespielt werden solle, erübrigte sich zumindest für die Souffleuse.

»Selbstverständlich. Alle zehn Vorstellungen sind ausverkauft. Und es wäre sicherlich auch im Sinne des Verstorbenen, weiterzumachen«, fand Herta Sonnleitner.

»Ich weiß nicht recht«, entgegnete Nella Steiner-Optresal. »Mir macht die Arbeit heuer wenig Freude. Sie steht unter keinem guten Stern.«

»In den Karten finde ich Klarheit und Reinigung«, widersprach ihr die Souffleuse.

»Sie sind Kartenlegerin, Frau Sonnleitner?«, fragte Marie Weichsler.

»Ein Hobby.«

»Welches System?«

»Wie meinen Sie das?«

»Skat, Lenormand, Zigeunerkarten?«

»Tarot«, antwortete die Souffleuse.

»Hast du schon herausgefunden, wer der Mörder ist?«, fragte die Schauspielerin.

»Oder die Mörderin«, sagte die Kleine und blinzelte durch ihre dicken Brillengläser. »Für Gift sind die Frauen zuständig.«

»Und was sagen Ihnen die Karten?«, wollte Marie Weichsler wissen.

»Mehr als mein Verstand. Die Karten deuten auf einen Zwiespalt hin. Noch bin ich mir nicht im Klaren, was genau es bedeutet, aber ich arbeite daran.«

»Gut, dann lassen wir uns überraschen, was die beiden Großen sagen. Entschuldige, Herta. Wie gedankenlos von mir. Ich meine die beiden Stars. Von ihnen hängt wohl alles ab.«

»Sie meinen Marold-Foltin«, schaltete sich Marie Weichsler wieder in das Gespräch ein.

»Alles tanzt nach ihrer Pfeife. Nur dass jetzt ein Totentanz daraus geworden ist.« Die Stimme von Nella Steiner-Optresal klang verbittert. »Kommst du mit, Herta?«, wandte sich die Schauspielerin des Linzer Landestheaters an die Souffleuse.

»Einen Augenblick noch«, bat die Kleingewachsene.

»Ich geh inzwischen voraus.«

Nach Nella Steiner-Optresals Abgang vertraute Herta Sonnleitner Marie Weichsler an, dass die *Steinerin,* wie sie sich ausdrückte, eigentlich über Hagens Tod froh sein müsste. Hagen hatte ihr und dem Ursprunger die großen Rollen weggenommen, die sie seit Jahren spielten und sie den Stars überlassen.

»Eine Demütigung für die beiden, die nun wirklich in die Jahre gekommen sind. Romeo und Julia könnten sie nur mehr in einer Parodie geben.«

»Für die Macbeths wären sie ideal«, fand Marie Weichsler.

»Sie glauben, dass sie die Mörder sind?«, fragte die Souffleuse.

»Welchen Grund hätten sie dafür? Die Hauptrollen sind und bleiben in anderer Hand. Rache vielleicht?«

»Möglich«, fand Herta Sonnleitner und blätterte weiter in den Frauenzeitschriften.

»Und das Tarot? Sie sprachen von einem Zwiespalt.«

»Ich habe, als ich gestern Nacht nach Hause kam, die Karten

befragt und die Teufelskarte gezogen. Sie zeigt einen Zwiespalt an.«

»Zwischen Gut und Böse?«

»Nein. Aber das ist heikel. Ich muss mich erst näher damit befassen.«

Die Kleine bezahlte die drei von ihr gewählten Magazine, huschte bei der Tür hinaus und ließ Marie Weichsler ratlos und neugierig zurück.

Diese entschloss sich, ihre Schwester anzurufen und sie zu bitten, herauszufinden, was genau die Teufelskarte des Tarots zeigte.

»Im Internet, ja. Schau nach!«

Einige Zeit später kam der Anruf mit der gewünschten Auskunft: »Der Teufel sitzt auf einer Art Stein und wirkt ganz und gar nicht bedrohlich, obwohl er recht grimmig dreinschaut. Er hat Hörner, ist behaart. Irgendwie erinnert er mich an Herbert.«

»Frühauf hat keine Hörner und nichts Dämonisches«, verteidigte Marie den gemeinsamen Freund.

»Dieser Teufel auch nicht. Bemerkenswert ist allerdings … Warte einen Augenblick, ich muss zum Herd schauen. Damit die Knödel nicht aufgehen.«

Ein billiger Trick von Rosa, um ihren Recherchen Spannung zu verleihen. Billig und leicht zu durchschauen. Marie würde sich revanchieren.

»So, jetzt bin ich zurück«, meldete sich die Schwester.

»Du entschuldigst mich einen Augenblick. Die Trafik ist voller Leute. Ich ruf dich zurück, sobald es geht.«

Kein Mensch war im Geschäft. Um die Zeit zu überbrücken, nahm sich Marie eine Ausgabe der *Tagespost* vor und blätterte sie durch, dann tippte sie die Nummer ihres Hauses in die Tastatur des Telefons.

»Du findest etwas bemerkenswert auf der Karte.«

»So, habe ich das gesagt?«

Marie schwieg. Sie wollte ihrer Schwester keine Chance geben, das Hinhaltespiel fortzusetzen.

»Bist du noch dran?«

»Ja. Ich warte auf das Bemerkenswerte.«

»Also, vor dem Teufel, an den Stein angekettet, stehen ein Mann und eine Frau. Nackt.«

»Und der Zwiespalt?«

»Ich habe nichts von einem Zwiespalt gesagt.«

»Du hast Recht. Das war die Souffleuse.«

»Was könnte sie damit gemeint haben?«

»Das musst du sie selbst fragen.«

»Denk nach, Rosa!«

»Zwiespalt zwischen Mensch und Tier, vielleicht. Der Teufel hat Hörner, einen Schwanz, ist stark behaart. Seine Zehen sind eigentlich Klauen.«

»Und die Nackten?«

»Sie haben auch Schwänze.«

»Du meinst den Mann.«

»Auch die Frau.«

»Das versteh ich nicht.«

»Schwänze wie ein Hund, ein Pferd, die vom verlängerten Rücken ausgehen.«

»Ach so.«

»Ganz was anderes. Ich habe Papa eingeladen. Er liebt Marillenknödel. Und er hat Neuigkeiten.«

»Inwiefern.«

»Er hat eine Verabredung mit Herberts Mutter.«

»Nein!«

»Doch. Zwischen den beiden läuft etwas.«

3. Unterwegs mit Herbert

Der braune Großpudel, der Marie Weichsler überschwänglich begrüßte, als sie von der Garage in den Flur des Hauses trat, das sie mit ihrer Schwester bewohnte, hieß Herbert, wie der Chefinspektor.

Marie kraulte sein gelocktes Haar und gab ihm einen Kuss auf die lange, schlanke Schnauze, dann betrat sie die geräumige Küche, in der es nach gerösteten Semmelbröseln duftete, grüßte ihren Vater und die Schwester und nahm Platz am Esstisch.

»So kann nie etwas daraus werden«, setzte ihr Vater das Gespräch mit Rosa fort. »Und die Jüngsten seid ihr auch nicht mehr.«

»Sechsundvierzig«, sagte Marie.

»Wir sind zufrieden, wie es ist«, verteidigte sich Rosa vom Herd her.

»Womit sind wir zufrieden?«, erkundigte sich Marie.

»Mit Herbert.«

»Er ist ganz reizend. Sauber, folgsam und kuschelig.«

»Du meinst den Hund«, brummte der Vater. »Ich spreche von eurer merkwürdigen Beziehung zu Lilys Sohn.«

»Ach, du sprichst vom Chefinspektor.«

»Jawohl, das tue ich. Ihr müsst endlich dieses perverse Spiel aufgeben, das ihr mit ihm treibt. Entscheidet euch, welche ihn am meisten liebt, oder gebt euch als Zwillinge zu erkennen und liebt ihn beide. So aber blockiert ihr alles.«

»Was immer du unter *alles* verstehst, Papa«, sagte Rosa.

»Und bei dir und deiner Lily ist nichts blockiert?«, fragte Marie.

»Jetzt habt ihr euch wieder verbündet. Zwei gegen einen.«

»Du tust uns wirklich leid. Wie viel?«

»Was heißt das schon wieder?«

»Wie viele Knödel möchtest du?«

»Sie sind ja ziemlich klein.«

»Also acht.«

»Wenn genug für euch übrigbleibt.«

Das Verkosten der saftigen Marillenknödel ließ die Tischgesellschaft verstummen. Erst als sich allmählich Sättigung einstellte, fand Roman Weichsler zum Ausgangsthema zurück: »Man muss in einer Beziehung, die einem wichtig ist, alles auf eine Karte setzen.«

»Und das tust du mit Herberts Mutter.«

»Sie ist noch sehr attraktiv. Eigentlich. Und ich bin auch noch ganz gut in Form.«

Die beiden Töchter schwiegen.

»Oder nicht?«, fragte Vater Weichsler.

»Doch, doch.«

»Eigentlich schon.«

»Sie kommt heute Abend zu mir.«

»Ach.«

»Oh.«

»Ja.«

»Viel Spaß.«

»Hoffentlich.«

»Und die Karte?«

»Welche Karte?«, fragte Papa Weichsler verwirrt.

»Du sagtest, dass man alles auf eine Karte setzen soll.«

»Das ist eine Redensart.«

Teufelskarte, dachten Rosa und Marie und ließen Pudel Herbert ihre Teller leerschlecken.

»Ich weiß nicht, was Trude und ich bei euch falsch gemacht haben. Warum lebt ihr nicht wie andere Menschen?«, raunzte der alte Weichsler.

»Willst du noch einen Knödel?«

»Ja.«

»Dann sei ruhig!«

»Hast du ihr unser Geheimnis verraten?«, fragte Rosa ihren Vater.

»Ich, wieso?«

»Herberts Mutter weiß, dass es zwei von uns gibt.«

»Sie hatte einen Verdacht, und ich fand es kindisch …«

»Du hast geplaudert. Also, so etwas! Dabei hast du uns versprochen …«

»Sie hat mir versichert, ihrem Sohn nichts zu verraten. Und eines Tages wird die Sache ohnehin auffliegen. Er braucht doch nur im Meldeamt nachzufragen. Der Mann ist ja nicht dumm.«

Darauf schwiegen die Zwillingsschwestern.

»Wie auch immer«, meinte der Vater. »Ich lege mich in die Sonne.«

»Tu das! Damit du Liliane mit sportlichem Teint beeindruckst.«

»Ich rufe Herbert an. Wir sollten ihn am Nachmittag bei den Ermittlungen begleiten.«

»Wir?«, fragte Rosa.

»Ich, als die Erstgeborene«, stellte Marie klar. »Und du erkundigst dich bei Monika Hauser in der Trafik, was die Krisensitzung der Theaterleute gebracht hat.«

»In Ordnung. Du bist die Ältere.«

»Willst du mich beleidigen?«

Die Besprechung der Schauspieler war offenbar noch im Gange. Jedenfalls war noch keiner von ihnen in die Trafik gekommen, der Chefinspektor wollte seine Rosmarie gegen vierzehn Uhr abholen, Rosa Weichsler verließ den Garten mit Pudel Herbert durch den Hinterausgang und wanderte den Pfad am Fluss entlang zum Münichholzer Wald, als sich Monika Hauser über das Handy meldete.

»Sie spielen weiter. Ohne Lou Marold und Roger Foltin«, berichtete die Vertretung aus der Trafik.

»Das heißt, dass die Steiner und der Ursprunger die Hauptrollen übernehmen. Wer hat dir das erzählt?«

»Die Kleine.«

»Die Souffleuse?«

Monika Hauser bestätigte das.

Die Gedanken, die anfangs durcheinander wirbelten, setzten sich allmählich. Im Wald war es an diesem heißen Augusttag einigermaßen kühl, Herbert trabte brav die Wege entlang. Er war so gut erzogen, dass er frei laufen konnte, ohne Hasen, Rehe, Jogger oder Radfahrer zu verfolgen. Auch an anderen Hunden zeigte er nur mäßiges Interesse. Ihm waren nur seine beiden Herrinnen wichtig, die sich nie sicher waren, ob er sie auseinanderhalten konnte.

Dem Vater war das nie gelungen. Er war es, der den Namen *Rosmarie* erfunden hatte. Die früh verstorbene Mutter hatte nie Probleme gehabt, zwischen den beiden Mädchen zu unterscheiden.

Also, überlegte Rosa Weichsler, der Ermordete war ein unsympathischer Mensch gewesen, den niemand wirklich vermisste, außer seiner Familie vielleicht. Er hatte die langjährigen Hauptdarsteller kurzerhand in die zweite Reihe verbannt und zwei wirkliche Stars engagiert. Ein Umstand, der auf Geschick und Durchsetzungskraft schließen ließ. Und jetzt verließen die beiden Großen der Schauspielzunft die Stadt, und Steiner und Ursprunger übernahmen die Rollen. Die Darstellerin des Teufels hatte schon einmal etwas in die Getränke der Tischgesellschaft gemischt. Und die Souffleuse hatte von einer Teufelskarte gesprochen. Und von einem Zwiespalt. Was meinte sie damit? Oder wollte sie sich bloß wichtigmachen?

O Gott, sie war so sehr in Gedanken gewesen, dass sie den herannahenden Herrn Rammerstorfer übersehen hatte. Für gewöhnlich wich sie ihm aus, denn der Mann, der seinen kurzatmigen Mops spazieren führte, konnte dem optimistischsten Menschen die Stimmung vermiesen. Alles Unheil dieser Welt schien sich auf ihn und seinen Hund zu konzentrieren. Rosa nannte ihn den Herrn Jammerstorfer.

»Puppi hat Durchfall«, begrüßte er sie schon von weitem. Herbert machte einen weiten Bogen um den Mops und schnupfte vor sich hin. Der Geruch des Artgenossen schien ihn zu stören.

»Ganz gelb rinnt es aus ihm heraus«, setzte Jammerstorfer die Schilderung der Verdauung seines Hundes fort.

»Hat er etwas Unrechtes gefressen?«, erkundigte sich Rosa Weichsler.

»Der Zimmermann. Sie wissen schon, Frau Rosmarie, die Firma, die unsere Grünflächen betreut, hat die Wege mit Unkrautvernichtungsmittel verseucht und dabei natürlich auch das Gras am Rand erwischt. Puppi hat davon gefressen, und jetzt leidet er. Ich hab es den Leuten vom Zimmermann schon tausendmal gesagt, sie sollen damit aufhören. Aber es nützt nichts. Sie lachen nur frech.«

»Dann wünschen wir Puppsi baldige Genesung«, wollte sich Rosa von Herrn Rammerstorfer verabschieden, doch dieser setzte seine Klagen fort: »Auch mir geht es nicht besonders heute. Die Hitze. Ich bin ganz schwindlig. Mein Gott, der Puppi wäre verloren, wenn mit mir etwas sein sollte.«

»So geht es uns allen«, sagte Rosa und eilte ihrem Herbert nach, der schon längst das Weite gesucht hatte.

Als Rosa Weichsler in den sommerlich blühenden Garten zurückkehrte, wollte Herbert auf Vater Weichsler losstürmen, der, nur mit einer ziemlich knappen Unterhose bekleidet, auf einer Campingliege schlief.

Der Mann hatte für seine 68 Jahre eine gute Figur, fand Marie, seine Hautfarbe jedoch gefiel ihr gar nicht. Sie ähnelte der eines gekochten Krebses. Also ließ sie den Pudel von der Leine. Herbert beschnupperte Roman Weichslers Gesicht und leckte über den schweißbedeckten, grellroten Oberkörper.

»Rabenvieh, elendes!«, brummte der alte Weichsler und wollte weiterschlafen.

»Dreh dich wenigstens um, sonst brennst du noch an«, sagte die Tochter.

»Ach, du liebe … Was weckt ihr mich denn nicht! Wie sehe ich denn aus!«, schimpfte der Mann.

»Ein Brandopfer.«

»So kann ich mich unmöglich bei Lily sehen lassen.«

»Die glaubt noch, du hast Viagra genommen.«

»Wie kommst du darauf«, klang Papa Weichsler beinahe ertappt.

»Weil du einen so roten Kopf hast.«

»Du musst mich entschuldigen bei ihr.«

»Fällt mir nicht im Traum ein.«

»Sonst verrate ich euer Geheimnis.«

»Das hast du schon.«

»Ich bitte dich darum.«

»Schon gut. Wann, glaubst du, bist du wieder präsentabel?«

»In einer Woche, hoffe ich. Wenn mir dann die Haut in Fetzen …«

»Du bist schon wie der Jammerstorfer«, unterbrach ihn Marie.

»Wer?«

»Ach nichts.«

»Das war ein Wink von Trude.«

»Du machst unsere verstorbene Mutter dafür verantwortlich, dass du in der prallen Sonne einschläfst?«

»Sie ist so eifersüchtig. Sie ist gegen diese Beziehung.«

»Das ist dein schlechtes Gewissen. Sonst gar nichts.«

»Du hast ja keine Ahnung!«

In den drei Jahren, in denen ihm Rosmarie Weichsler bei wichtigen Ermittlungen zur Seite gestanden war, war es aufwärts gegangen mit seiner Karriere. Am Ende des letzten Jahres war Herbert Frühauf zum Chefinspektor befördert worden.

Rosmarie saß in Uniform neben ihm und nannte sich Marie Weichsler. Wenn jemand in ihr die Trafikantin Rosmarie Weichsler zu erkennen glaubte, erklärte man ihm, dass dies ihre Zwillingsschwester Rosa wäre. Marie sei Inspektor bei der Bundespolizei Steyr.

»So eine lächerliche Lüge!«, fand Frühauf. »Aber wenn du meinst, das sei nötig …«

Während der Chefinspektor den Dienstwagen Richtung St. Ulrich lenkte, wo Siegfried Hagens Haus stand, stellte Marie, beziehungsweise Rosmarie, ihm Fragen zum Ermordeten.

»Du kennst ihn von den Schlaraffen. Was für ein Mensch ist er?«

»Eine der Grundregeln unserer Bruderschaft ist Freundschaft, auch wenn das bei manchen nicht so leicht ist.«

»Er war ein Kotzbrocken«, versuchte Marie zum Kern vorzustoßen.

»Sozusagen. Auch wenn ich das nicht so formulieren würde.«

»Inwiefern kotz, inwiefern Brocken?«

»Was soll das werden? Ein Verhör?«

»Ja.«

»Er hat sich etwas zuschulden kommen lassen und sollte dafür ausgeschlossen werden. Durch eine Spende konnte er das verhindern, war aber zum Außenseiter geworden.«

»Er hat in die Vereinskasse gegriffen.«

»Er war *Reychsschatzmeister.*«

»Das heißt Kassier?«

Der Chefinspektor nickte.

»Und er hat den Schaden beglichen und darüber hinaus gespendet?«

»Ich habe so etwas läuten gehört.«

»Alles klar.«

Das Haus der Hagens fiel auf in der kleinen Siedlung des Steyrer Vorortes St. Ulrich. Ein geschwungenes zweiflügeliges Tor aus Metall verwehrte den Zutritt zur Auffahrtsrampe, die mit Pappeln gesäumt war. Am Ende dieser Straße stand ein burgartiges Gebäude in Schönbrunnergelb.

»Möchtegern-Schlossherr«, lästerte Frühauf.

»Passend zu meiner Möchtegern-Polizistinnen-Uniform«, sagte Marie Weichsler.

»Sie erleichtert uns die Arbeit.«

Frühauf öffnete ein Fenster des VW Touran und drückte den Knopf am linken Torpfeiler. Eine verzerrte weibliche Stimme meldete sich und bat, den Wagen draußen zu lassen, weil sonst die Auffahrt beschädigt werde.

Marie Weichsler und der Chefinspektor näherten sich dem Hauseingang also zu Fuß.

In der offenen Tür stand die extrem schlanke Frau des Ermordeten.

Marie Weichsler fielen Anita Hagens Augen auf. Sie waren groß und dunkel und glänzten unnatürlich. Die Frau hatte entweder Medikamente genommen oder viel geweint, oder beides.

Ihr fuchsartiges Gesicht war von tiefen Falten geprägt, sie war nicht geschminkt, trug nur einen Hauch von Lippenstift.

Sie bat Marie Weichsler und Herbert Frühauf in die Küche und bot ihnen Kaffee an.

»Die Kinder sind bei meinen Eltern. Ich versuche hier durchzuhalten, weil einige Formalitäten zu erledigen sind«, erklärte die Frau.

»Hat Ihr Mann ein Testament hinterlassen?«, fragte der Chefinspektor.

»Darauf habe ich bestanden.«

»Und Sie sind finanziell abgesichert?«

»Die Ausbildung der Kinder ist durch eine Lebensversicherung gedeckt. Der Rest ist fraglich.«

»Wie meinen Sie das, Frau Hagen?«, stellte Marie Weichsler ihre erste Frage.

»Siegfried war ein Spieler«, erklärte die Frau. »Kein Glücksspieler, nein. Ich meine das beruflich. Ein Projekt führte zum nächsten und wurde durch dieses finanziert. Kredite, Stiftungen, neuerdings in den ehemaligen Oststaaten. Einkaufszentren, die er selbst mieten musste, weil sich keine Interessenten fanden. All das bezeichnete er als Anfangsschwierigkeiten. Er sprach von notwendigen Investitionen, die sich tausendfach rechnen würden. Daneben schlug er sich noch mit gesellschaftlichen Verpflichtungen herum, die er als Netzwerk bezeichnete, ohne das man nicht an die entscheidenden Leute herankomme.«

»Die Intendanz der Sommerspiele«, bemerkte Marie Weichsler.

»Eine völlig überflüssige Angelegenheit, die ihm nur Ärger brachte.«

»Das kann man wohl sagen«, meinte Frühauf, entschuldigte sich jedoch umgehend bei Frau Hagen für die unbedachte Äußerung.

»Wie meinten Sie das mit dem Ärger?«, nahm Marie Weichsler den Gesprächsfaden auf.

»Man wollte ihn nicht mehr als Intendant. Statt dass er froh darüber gewesen wäre, diese Last endlich ablegen zu können, bemühte er sich um die beiden Stars. Die Folge waren Hasstiraden der Schauspieler, die sich benachteiligt fühlten.«

»Steiner-Optresal und Ursprunger«, sagte Rosa Weichsler.

Die Frau nickte.

»Wie ist es Ihrem Mann gelungen, die beiden Stars zu engagieren?«, wollte Marie Weichsler wissen.

»Er kannte Lou Marold persönlich.«

»Wie hat er sie kennengelernt?«

»Mein Mann war in einem Internat in Bad Ischl, wo er auch maturierte. Frau Marold war Mitschülerin.«

Frühauf wiederum fragte Frau Hagen, wie sie selbst ihren Mann beschreiben würde.

»Ruhelos, immer auf der Suche. Ein unerlöster Mensch, der nach dem Paradies strebte, das er an den falschen Orten suchte«, war die Antwort.

»Und Sie konnten ihn nicht beruhigen, auf den richtigen Weg bringen?«

»Ich dachte, dass mir das gelingen könnte, als ich ihn kennenlernte. Aber es erwies sich leider als unmöglich.«

»Sie denken, sein Tod war die logische Folge der Art, wie er lebte?«, fragte Frühauf.

»Das weiß ich nicht«, meinte die Frau. »Aber ich erwartete etwas in dieser Richtung.«

»Seine Ermordung?«

»Seinen Tod. Er schonte sich und seinen Körper nicht.«

»Daher drangen sie auf eine Lebensversicherung.«

»Ich habe nichts mit seinem Tod zu tun«, sagte die Frau ernst. »Wenn Sie das andeuten wollen.«

»Daran habe ich nicht einmal gedacht«, entschuldigte sich Frühauf. »Ich meinte ...«

»Ich wollte nicht mittellos dastehen, sobald das Ende nahte, das sich abzuzeichnen begann.«

»Sie haben nie mit ihm darüber geredet?«, fragte Marie Weichsler.

»Das war nicht möglich. Man konnte nur warten, bis es so weit war.«

»Und ihn vorher verlassen?«

»Das hätte er nicht zugelassen. Die Kinder mochte er ja. Auf seine Art.«

»Sie sind eine starke Frau.«

»Ich glaube, damit haben Sie Recht«, stimmte ihr Anita Hagen zu.

»Wer, glauben Sie, hat Ihren Mann getötet?«, fragte Marie Weichsler.

»Jemand, der von Siegfried in die Enge getrieben wurde.«

»Wie meinen Sie das?«

»Er konnte nicht loslassen, wenn er sich in jemanden verbissen hatte. Er war gnadenlos.«

4. Labiles Gleichgewicht

»Wir müssen System in die Ermittlungen bekommen«, stellte Marie Weichsler im Wagen Frühaufs fest. »Es hat keinen Sinn, in Aktionismus zu verfallen, bevor wir uns einen Überblick verschafft haben.«

»Ich weiß schon, was jetzt kommt«, meinte Frühauf achselzuckend.

»Genau. Rosmarie Weichslers *Mörderbuch.*«

Mit diesen Worten entnahm Marie ihrer Handtasche ein quadratisches Poesiealbum, das sie mit einem kleinen Schlüssel entriegelte.

Der Fall Hagen schrieb sie in Druckbuchstaben auf die erste Seite.

Hagen, Versicherungsmakler, 34 Jahre alt. Matura in einem Internat in Hallein. Ermordet am 9. August, gegen 22:15 Uhr. Auf offener Bühne. Zwei kleine Kinder, eine Frau.

Verdächtige: Ehefrau, Lebensversicherung.

Enttäuschte Schauspieler. Steiner-Optresal, Ursprunger.

Andere Menschen, die er in die Enge trieb. Die Darstellerin des Teufels, die einen Grund haben musste, die Getränke zu manipulieren.

Ostgeschäfte.

»Fast alles richtig«, sagte der Chefinspektor, der mitgelesen hatte.

»Wo ist mir ein Fehler passiert?«

»Er ging in Bad Ischl zur Schule, nicht in Hallein.«

Rosa Weichsler bedankte sich und schrieb ein weiteres Wort in das *Mörderbuch: Schlaraffe.*

»Aber das ist doch fast jeder Mann in dieser Stadt, der gesellschaftlich etwas darstellt«, protestierte Herbert Frühauf.

»Eben.«

»Was heißt *eben*?«

»Eben darum müssen wir uns diesem Kapitel widmen.«

»Das ist heikel.«

»Eben.«

In diesem Moment meldete sich Frühaufs Handy.

»Meine Mutter«, sagte er nach einem Blick auf das Display.

»Hallo Mutti! Was gibt es? Wie geht es dir?«

Dann trat eine lange Stille ein. Die Mutter hatte einiges zu sagen.

Als er das Gespräch beendet hatte, schüttelte er zweimal den Kopf: »Mutti bringt jetzt wirklich schon einiges durcheinander. Sie behauptet, du hättest sie soeben angerufen und das Treffen mit deinem Vater abgesagt. Er habe einen Sonnenstich erlitten.«

Marie Weichsler bemühte sich um einen möglichst ruhigen Tonfall, als sie sagte: »Ja, da kommt einiges auf uns zu. Die beiden werden älter. Umso wichtiger wäre es, wenn sie zueinander fänden.«

»Meinst du wirklich?«

»Ja. Damit unsere Familien wenigstens auf diese Weise verbunden werden.«

Dieser Angriff war notwendig gewesen, um Frühauf auf andere Gedanken zu bringen. Sie musste darauf achten, dass keine Telefongespräche mehr von zu Hause geführt wurden, sobald eine der Schwestern unterwegs war.

Frühauf nahm die rechte Hand vom Lenkrad und berührte damit Maries Hüfte.

»Und warum sollen das nicht wir sein? Ich meine, diejenigen, die unsere Familien näher zusammenbringen?«

»Darüber unterhalten wir uns, sobald dieser Fall gelöst ist.«

»Das sagst du immer.«

»Dieses Mal meine ich es ernst.«

»Gut. Dann müssen wir Tempo machen.«

»Womit?«

»Mit der Lösung des Falles.«

»Du musst mich zu einer Sitzung der Schlaraffen mitnehmen.«

»Das ist schwer im Sommer. Die eigentlichen *Sippungen* finden vom 1. Oktober bis zum 30. April statt. Da müssten wir zu lange warten.«

»Ihr habt im Sommer gar keine Sitzungen?«

»*Sippungen* heißt das. Es gibt monatliche Treffen der *Sassen,* und für morgen ist anlässlich des Todes des ehemaligen *Reychsschatzmeisters* eine Sondersippung angesetzt.«

»Du nimmst mich mit.«

»Das ist nicht möglich. Als Mitglieder sind nur Männer zugelassen.«

»Dann werde ich mich von einer Rosmarie in einen Raimund verwandeln müssen.«

»Nein.«

»Was heißt nein?«

»Das werden wir bleiben lassen.«

»Warum?«

»Weil ich das nervlich nicht durchstehe. Mir genügt schon der Betrug, dass ich dich als Inspektor auf Ermittlungen mitnehme. Mehr Chaos verträgt mein Leben nicht.«

»Ein labiles Gleichgewicht kann sich als stabiler erweisen als so manches starre System.«

»Kann sein.«

»Metastabilität, wie man das labile Gleichgewicht auch nennt, ist eine Form der Stabilität.«

»Kann sein.«

»Also?«

»Nein, das tu ich mir nicht an. Und das ist endgültig«, sagte Frühauf mit fester Stimme.

»Dann muss ich meinen Vater bitten, sich um eine Mitgliedschaft zu bewerben. Du wirst ihn zur Sippung mitnehmen.«

»Ich denke, er hat einen Sonnenstich.«

»Er wird damit in eurer Mitte nicht weiter auffallen.«

»Dein letztes Wort?«

»Mein letztes Wort.«

Es war das erste Mal in seinem Leben, dass das Wesen, das sich in der Welt seiner Fantasien Sanny nannte, jemanden getötet hatte. Sanny, nicht Sunny, darauf legte das Wesen Wert. Um Hagen war nicht schade. Er war zeitlebens ein Schwein gewesen. Schweine schlachtete man. Und wenn das zu drastisch war, griff man zu Gift. Der Mann hatte in seiner Gier immer alles an sich gerissen, in seinem widerlichen Mund verschwinden lassen und geschluckt. Er war unersättlich gewesen. Man hatte ihn satt haben müssen.

Wie würde es weiter gehen? Gar nicht, außer jemand schöpfte Verdacht. In diesem Fall würde man wieder töten müssen. Ansonsten konnte das Leben weiter gehen wie bisher.

Wenn nicht … Die verkrüppelte kleine Souffleuse tat so, als hätte sie etwas gesehen. Sie sollte sich nur nicht spielen mit Sanny! Ein Freak wie sie würde niemandem fehlen. Sie hatte etwas von Karten und vom Teufel gefaselt. War sie hinter Sannys Geheimnis gekommen?

Sanny würde es herausfinden. Und niemand würde Sanny verdächtigen. Niemand wusste, dass Sanny auf Hebräisch Teufel hieß. Und niemand ahnte, wer Sanny war.

»Das ist aber lieb, dass du so um mich besorgt bist«, begrüßte Roman Weichsler eine seiner Töchter an der Tür. Er wohnte in einer Pensionistenwohnung im Steyrer Stadtteil Tabor. *Mit Ausblick auf den Friedhof*, wie er nicht müde wurde zu betonen.

»Ich bin Marie«, sagte die Tochter, die bemerkte, wie der Vater sie von der Seite betrachtete, auf der Suche nach einem Erkennungszeichen.

»Das weiß ich natürlich. Glaubst du, ich kann euch nicht unterscheiden?«

»Das glaube ich sehr wohl. Übrigens angeführt! Vor dir steht Rosa.«

»Natürlich. Ich habe nur bei euren üblichen Spielchen mitgemacht.«

»Ich habe dir etwas aus der Apotheke mitgebracht. Für den Sonnenbrand.«

»Danke. Dann kann ich mich schon für morgen Abend mit Lily verabreden.«

»Übermorgen.«

Als der Vater Rosa nach dem Grund für den gewünschten Aufschub des Treffens mit Frühaufs Mutter fragte, kam diese zur Sache.

»Du musst uns bei den Ermittlungen helfen.«

»Nicht schon wieder!«, stöhnte der Vater und fragte, was die Töchter dieses Mal von ihm wollten.

»Der Ermordete war Mitglied bei den Schlaraffen. Und weil dort Frauen keinen Zutritt haben, musst du das für uns machen. Sie haben morgen Abend ein außertourliches Treffen, und du sollst so tun, als ob du Mitglied werden wolltest.«

»Und mich dabei umsehen.«

»So ist es. Hör dich um, was die Schlaraffen vom Ermordeten halten, wer etwas gegen ihn hatte und warum. Und übermorgen bist du völlig wiederhergestellt und kannst dich mit Herberts Mutter treffen.«

Als Rosa Weichsler nach Hause kam, wässerte Marie den Garten hinter dem kleinen Siedlungshaus, das aus einem relativ geräumigen Erdgeschoss und drei kleinen Mansardenzimmern bestand, die unter dem steilen Ziegeldach untergebracht waren.

Großpudel Herbert begrüßte Rosa voll Freude und verfolgte sie auf Schritt und Tritt. Er erhoffte sich ein Leckerli.

Rosa trug eine Flasche Wein, Mineralwasser und ein getrocknetes Schweinsohr für Herbert zum Holzpavillon.

»Die Blüten der Nachtkerze öffnen sich gerade«, rief Marie.

Dieses Schauspiel ließ sich Rosa nicht entgehen. Sie entledigte sich ihrer Schuhe und watete durch das feuchte Gras zum Beet, in dem die Pflanze stand. Schon als Kinder hatten die Zwillingsschwestern diese Blume als Naturwunder betrachtet. Ihre leuchtend gelben Blüten öffneten sich am Abend in Zeitlupe, wie in einem der Naturfilme im Fernsehen, wo das als optischer Trick gezeigt wurde.

Rosa hielt ein halbvolles Glas in der Hand und sah zu, wie sich eine Blüte nach der anderen entfaltete.

Summer Wine dachte sie und summte die Melodie des Songs, den sie und ihre Schwester so liebten.

And so we'll drink another glass of summer wine
as we recall sweet memories of yours and mine …

Und dann hieß es noch

as we recall the sun that always shines …

Allein der Gedanke daran tat gut.

»Du grübelst?«, fragte Marie, die sich zur Schwester gesetzt hatte.

»Nichts Wichtiges. Er macht es. Vater geht zu den Schlaraffen.«

»Fein«, sagte Marie. »Und Herbert hat angerufen.«

»Wir haben doch vereinbart, auf Telefongespräche zu verzichten, wenn eine von uns unterwegs ist.«

»Es hat so durchdringend geläutet, dass ich nicht anders konnte, als abzuheben«, entschuldigte sich die Schwester.

»Was will er?«

»Hagen hat seine Frau betrogen.«

»Und sie wusste davon?«

»Das ist noch unklar.«

»Mit wem?«

»Du wirst es nicht glauben ...«

»Wir werden sehen. Mit wem?«, wiederholte Rosa die Frage.

»Mit der Darstellerin des Teufels.«

»Wäre ich etwas jünger, würde ich *wow* sagen.«

»Das überlassen wir am besten Herbert.«

Als ihre Schwester sie fragend anblickte, präzisierte sie die Aussage: »Ich meine den Hund.«

»Wauwau. Ich verstehe. Das also ist des Pudels Kern.«

»Goethe, Faust.«

»Pudel, Teufel.«

»Und Herbert ...«

»Du meinst den Chefinspektor.«

»Richtig. Und Frühauf fühlt sich bestärkt in seinem Verdacht, dass Viola Gattinger, die den Teufel spielt, den Intendanten vergiftet hat.«

»Er vermutet, dass er sie fallen lassen wollte. Als Geliebte, als Schauspielerin.«

»Und wer hat ihm verraten, dass zwischen den beiden eine Beziehung bestanden hat?«

»Frühauf hat eine Nachricht per Mail erhalten. Anonym. Er wird die Schauspielerin morgen früh aufsuchen.«

»Das heißt, dass uns Monika in der Trafik vertritt, und dass ihn eine von uns begleitet.«

»Wer?«

»Darüber soll das Los entscheiden«, sagte Marie.

Es war Marie Weichsler, die mit dem Chefinspektor zu Viola Gattinger fuhr.

»Die Katzenvilla«, erklärte ein Passant den Weg, »liegt am Ende der Straße. Links.«

Frühauf hielt vor einem total verwachsenen Grundstück, in dem das Haus kaum zu erkennen war. Als er am Gartentor läutete, eilten Katzen aus allen Richtungen auf ihn und seine Begleitung zu.

»Kommen Sie herein! Sie beißen nicht«, tönte die heisere Stimme der Darstellerin des Teufels vom Haus her.

»Sie leben allein hier?«, fragte Frühauf.

»Mit den Katzen.« Nach einem Blick auf Marie Weichslers Uniform sagte sie: »Sie sind von der Polizei.«

Frühauf stellte seine Kollegin und sich selbst vor, dann sagte er: »Ein paar Fragen nur zum Premierenabend und einem Vorfall, der …«

»Das Abführmittel in den Getränken«, unterbrach ihn Viola Gattinger und lächelte. »Ich dachte mir, dass man darauf zurückkommen würde. Begleiten Sie mich zur Höhle.«

»Hölle?«, fragte Frühauf.

»Höhle«, korrigierte ihn die schwarz gekleidete Frau, die auch ihr Haar dunkel gefärbt hatte. »Privat bin ich kein Teufel.«

Sie führte Marie Weichsler und den Chefinspektor einen schmalen Weg entlang zu einer Höhle im Hang, in der sie Gartenmöbel aufgestellt hatte.

»Der Fels schützt vor Regen und Hitze«, erklärte sie und fragte, ob Frühauf und Weichsler etwas trinken wollten.

Beide lehnten dankend ab.

»Es ist kein Gift in meinen Getränken. Weder privat noch auf der Bühne«, stellte Viola Gattinger fest.

»Aber Abführmittel zuweilen«, bemerkte Marie Weichsler.

»Ein einziges Mal.«

»Warum?«

»Die Antwort ginge zu sehr ins Private. Lassen wir es dabei bewenden, dass es einmal geschah.«

»Es hatte mit Ihrer Beziehung zum Intendanten zu tun«, beharrte Marie Weichsler auf dem Thema.

Inzwischen wurden die Sitzenden von immer mehr Katzen eingekreist.

»Sie arbeiten als Apothekerin, Frau Magister?«, erkundigte sich Frühauf.

»Apothekenhelferin und nicht Magistra«, erklärte die Frau, die eindeutig noch nicht dreißig war.

»Und kennen sich mit Medikamenten wie Abführmitteln aus.«

»Natürlich. Auch mit Giften.«

Bei diesen Worten funkelte sie den Chefinspektor aus tollkirschfarbenen Augen an.

»Und Sie hatten ein Verhältnis mit Hagen.«

»Wir waren intim.«

»Sie liebten ihn also.«

»Keineswegs. Wo denken Sie hin, Inspektor? Der Mann hatte nichts Liebenswertes. Er diente mir als Studie für die Darstellung des Teufels. Hagen kam dem, was man sich als Teufel vorstellt, ziemlich nahe.«

Nun schaltete sich Marie Weichsler in das Gespräch ein, indem sie fragte: »Sie wollten also den Mann möglichst hautnah studieren. Und das alles des Stückes wegen.«

»Nein. Es gab einen anderen Grund, über den ich jetzt nicht sprechen möchte.«

»Er hat sich als Teufel erwiesen, im Verlauf der Beziehung zu Ihnen«, stellte Frühauf fest, »Sie begannen ihn zu hassen und erledigten ihn. Mit Gift.«

»Nein.«

»Was dann? Alles, was Sie da sagen, ergibt keinen Sinn.«

»Für mich schon«, erwiderte die junge Frau und streichelte eine Katze, die auf den Tisch gesprungen war.

»Dann ersuche ich Sie dringend um eine Erklärung.«

»Die ich Ihnen nicht geben werde.«

»Dann müssen Sie damit rechnen, in Untersuchungshaft genommen zu werden.«

»Ich bin unschuldig, und das wird sich zeigen, auch in der Untersuchungshaft.«

»War das Ihr letztes Wort?«, fragte Chefinspektor Frühauf und erhob sich.

»Mein letztes Wort«, bestätigte Viola Gattinger.

Marie Weichsler ließ dem Chefinspektor den Vortritt und drückte der Schauspielerin schweigend ihre Visitenkarte mit ihrer privaten Handynummer in die Hand.

Zwei Stunden später meldete sich Viola Gattinger: »Ich möchte mit Ihnen reden. Aber Sie müssen das, was ich sage, vertraulich behandeln.«

»Das ist bis zu einem gewissen Grad möglich«, stellte Marie Weichsler in Aussicht.

Die beiden Frauen setzten sich wieder in die Höhle, die Schutz vor der Sommerhitze bot. Viola Gattinger stellte zwei Sektgläser auf den Tisch, die sie mit Prosecco und Aperol füllte.

Die beiden Frauen prosteten einander zu und tranken von der kühlen, orangefarbenen Flüssigkeit.

»Also …«, begann Marie Weichsler das Gespräch unter Frauen.

»Sie ahnen, worum es geht«, sagte Viola Gattinger.

»Ich habe eine Vermutung.«

»Darf ich fragen …«

»Kein Problem. Aber Sie dürfen nicht beleidigt sein, wenn ich mich irre.«

»Reden Sie, bitte! Es erleichtert mir das Ganze.«

»Hoffentlich«, sagte Marie Weichsler. »In meiner Vorstellung sind Sie eine sehr starke Frau. So haben Sie auch bei der Premiere des *Jedermann* auf eine Freundin von mir gewirkt.«

»Danke.«

»Und wenn eine intelligente, starke Frau wie Sie mit einem Menschen wie Hagen, den sie für den Teufel in Menschengestalt hält, eine körperliche Beziehung beginnt, muss sie einen Grund dafür haben.«

»Das stimmt«, bestätigte Viola Gattinger.

»Was ich jetzt sage, ist reine Vermutung. Ich bitte Sie, sofort zu protestieren, wenn es nicht zutrifft. Und nicht beleidigt zu sein.«

»Ich höre …«

»Sie sind eine Frau, der andere Frauen wichtiger sind als Männer.«

»Richtig beobachtet.«

»Und Sie stehen in einer engen Beziehung zu Frau Hagen, die sich Ihnen anvertraut hat. Möglicherweise als Kundin der Apotheke, in der Sie arbeiten.«

»Das trifft nicht zu. Anita Hagen ist meine Chefin in der Einhorn-Apotheke.«

»Ja natürlich. Die Apotheke wird von einer Frau Magister Hagen geführt. Manches Mal ist man wie vernagelt.«

»Zwei Frauen mit Zugang zu Medikamenten«, stellte Marie Weichsler fest.

»Zwei Frauen, die einander lieben und helfen.«

»Aber warum eine Beziehung zum Mann Ihrer Chefin und Freundin?«

»Ich glaubte ihr nicht, was für ein Teufel er war.«

»Und?«

»Er war ein brutales, perverses Schwein.«

»Dem man eine Lehre erteilen musste.«

Die Apothekenhelferin nickte stumm. Dann sagte sie mit leiser Stimme: »Aber wir haben ihn nicht getötet.«

»Was dann?«

»Es wird bei der Obduktion herauskommen. Wir wollten ihn ruhigstellen, als Mann.«

»Mit Hormonen?«

»Mit Cyproteron und Estrogenen. Es war lustig zu beobachten, wie unserem Siegfried Brüste und … Aber darüber spreche ich lieber nicht.«

»Wie Sie wollen. Also kein Gift, aber Hormonkur.«

»Genau.«

»Und das Abführmittel in den Getränken von Jedermanns Tischgesellschaft?«

»Ein Symbol dafür, dass das Stück Scheiße ist.«

»Das Theaterstück.«

»So ist es. Konservativer, überlebter Mist.«

»Und dennoch spielten Sie mit.«

»Weil mich die Doppelrolle Gott-Teufel reizte.«

»Die Sie Hagen zu verdanken hatten.«

»Ja. Für irgendetwas war der Mann ja doch gut.«

»Der halbe Mann.«

»Der Teufel ist ja auch ein Geschöpf zwischen den Geschlechtern. Mann und Frau zugleich.«

»Tatsächlich?«

»Ich habe mich in der Vorbereitung der Rolle intensiv damit beschäftigt. Noch Fragen?«

»Doch. Von wem stammt die Idee, Gott und Teufel von derselben Schauspielerin darstellen zu lassen?«

»Das war mein Einfall, der sich geradezu aufdrängt. Sie verleiht dieser Märchengestalt, die in den Religionen Gott genannt wird, Tiefe und Glaubwürdigkeit. Das Gute kann nicht ohne das Böse existieren, das heißt, die Realität spielt sich zwischen diesen beiden fiktiven Polen ab. Genauso wie es keinen absoluten Mann und keine absolute Frau gibt, sondern viele interessante Übergänge, Schattierungen.«

»Ein interessanter Gedanke«, fand Marie Weichsler und fragte, wie viel ihr Chef von diesem Gespräch erfahren dürfe.

»Ihr Chef?«, gab sich Viola Gattinger überrascht.

»Ich bin nur Inspektor«, erklärte Marie Weichsler. »Er ist Chefinspektor.«

»Ewige Ungerechtigkeit.«

»Wie viel darf ich ihm verraten?«

»Nichts. Es genügt, dass Sie es wissen.«

»Und wenn er Sie verhaftet?«

»Dann werde ich das auch überleben und einen Hinweis auf den wahren Mörder geben.«

»Sie wissen, wer es ist?«

»Ich habe eine Ahnung.«

»Also?«

»Ich muss noch einige Nachforschungen anstellen. Es ist noch zu früh dafür.«

5. Des Pudels Kern

Rosa und Marie Weichsler setzten sich in den hölzernen Gartenpavillon, begleitet von Pudel Herbert, der es liebte, an der Seite seiner Herrinnen dahinzudösen, wenn diese in wichtige Gespräche vertieft waren. Er seufzte tief, bevor er sich auf den Holzboden plumpsen ließ und mit der Schnauze Rosas rechten Schuh berührte, während Marie dieses Mal mit dem Hinterteil vorlieb nehmen musste. Aber das änderte sich mehrmals an diesem lauen Sommerabend.

»Was schlägst du vor, Marie?«, fragte Rosa.

»Wieso schon wieder ich?«

»Als die Ältere von uns beiden …«

»Du bringst mich zur Verzweiflung. Ich kann nichts dafür, dass ich zuerst zur Welt kam.«

»Doch, kannst du. Ich erinnere mich noch genau, wie du im Mutterleib den meisten Platz eingenommen und dich im entscheidenden Augenblick vorgedrängt hast.«

»Und du hast mich gestoßen und getreten. Ich kam mit lauter blauen Flecken zur Welt.«

»Also, was schlägst du vor?«

»Wir müssen uns mit Hagen beschäftigen.«

»Ein Psychogramm des Opfers …«

»Das ein Spiegelbild des Täters zeigt.«

»Im Idealfall.«

Marie Weichsler öffnete das Mörderbuch und begann den vollen Namen des Ermordeten niederzuschreiben.

»Siegfried mit ie?«, fragte sie ihre Schwester.

»Zweimal ie.«

»Siegfried und Hagen sind Feinde, im Nibelungenlied«, stellte Marie Weichsler fest.

»Ein interessanter Umstand«, fand Rosa. »Der Mörder und der Ermordete in einer Person.«

»Die Eltern, die ihn so nannten, konnten sein Ende nicht vorausahnen.«

»Dennoch sollten wir die Frage, ob er Selbstmord begehen wollte, nicht ganz außer Acht lassen.«

Marie begann zu schreiben.

»Wir werden methodisch vorgehen«, schlug Rosa vor und begann die Fakten aufzuzählen: »Siegfried Hagen, 34 Jahre alt, an die 1,75 Meter groß, korpulent ...«

»Mit Brustansatz, infolge unfreiwilliger Hormonbehandlung ...«

»Volles, blondes Haar, blaue Augen. Dummer, brutaler Mund, egozentrisch.«

»Machtbesessen, intrigant.«

»Versicherungsmakler, Kassier bei den Schlaraffen.«

»Intendant bei den Sommerspielen.«

»Vater zweier kleiner Kinder.«

»Die Ehefrau wendet sich von ihm ab, einer anderen Frau zu.«

»Die beiden einigen sich auf eine chemische Kastration.«

»Ein Watschenmann.«

»Du meinst ...«

»Der Mann forderte Ohrfeigen heraus und bekam sie sicherlich schon als Kind. Er hatte keine Hemmungen, unsympathisch zu sein.«

»Ein Mensch ohne innere Kontrolle.«

»Der nicht sich, sondern andere kontrolliert.«

»Ein manipulativer Mensch, der seine Umwelt ausbeutet.«

»Ein Mensch mit verkümmertem Gewissen.«

»Dem es aber gelingt, andere für sich einzunehmen. Er hat eine Ehefrau gefunden, schien als Versicherungsmakler erfolgreich zu sein, kämpfte sich in entscheidende Positionen durch.«

»Intendant der Sommerspiele, dem es gelang, zwei Stars zu engagieren.«

»Kassier bei den Schlaraffen.«

»Und überall rauchende Trümmer, nachdem er geraubt und geplündert hat.«

»Der Zorn der getäuschten Menschen wuchs, bis es zum tödlichen Angriff kam.«

»Ein Mord mit Vorgeschichte.«

»Wie jeder Mord.«

»Ich meine, ein verständlicher Mord.«

»Der Mann ließ sich nicht anders stoppen.«

»Zumindest in den Augen seines Mörders.«

»Die eigene Frau wusste, dass man massive Mittel anwenden musste.«

»Und begann ihn zu kastrieren.«

Beim Wort *kastrieren* hob Herbert seine Wuschelohren. Er nieste mehrmals, dann schoss er aus dem Pavillon in den Garten, laut bellend.

»Was ist los mit ihm?«, fragte Marie.

»Er hat geglaubt, wir reden von ihm.«

»Oder er hat die Nachbarskatze gerochen.«

»Die meidet unseren Garten.«

»Tagsüber. Vermutlich versucht sie es in der Dunkelheit.«

Das Bellen des Pudels wurde immer heftiger.

»Ein Einbrecher?«

»Dann bleiben wir besser sitzen. Herbert wird ihn vertreiben.«

Und tatsächlich. Der Hund beruhigte sich und kam schwer atmend in das Gartenhaus zurück. Seine Herrinnen lobten ihn, Marie steckte ihm ein Leckerli zu.

»Wenn es ein Mensch war, ist er über den Uferweg geflüchtet.«

»Wir werden das Haus gut abschließen. Und wir haben ja Herbert als lebende Alarmanlage.«

»Ich bin nicht ängstlich«, betonte Rosa Weichsler und fuhr fort: »Nicht zu vergessen: Die Darstellerin des Teufels ging so weit, Hagen als ihr Vorbild für die Gestaltung der Rolle des Teufels auszugeben.«

»Teufel und Gott«, bemerkte Marie.

»Mann und Frau.«

»Mephisto.«

»Pudel.«

»Pudels Kern.«

»So ist denn alles, was ihr Sünde,
Zerstörung, kurz, das Böse nennt,
Mein eigentliches Element.«

»Es geht nichts über klassische Bildung.«

»Aber warum fielen die Menschen reihenweise auf ihn herein? Warum hat ihn seine Frau geheiratet?«

»Wie gelang es ihm, Lou Marold und Roger Foltin für diese Provinzaufführung zu gewinnen?«

»Er kannte Lou Marold vom Internat her.«

»Und sie kannte ihn.«

»Vielleicht war er als Kind anders?«

»Wie war er geworden, was er war?«

»Wie waren seine Eltern?«

»Sie könnten noch leben.«

»Ich rufe Herbert an.«

»Moment, wie spät ist es?«

»Kurz nach neun. Das geht noch.«

»Guten Abend, Frau Frühauf, hier ist Rosmarie. Rosmarie Weichsler. Ich möchte mit Ihrem Sohn sprechen.«

»Herbert liegt in der Badewanne. Er ruft zurück, sobald er fertig ist. Wie geht es Ihrem Vater?«

»Das Ärgste hat er überstanden. Er bangt jetzt, ob die Haut in seinem Gesicht hält, oder sich in Fetzen löst.«

»Ist er sehr eitel?«

»Nicht mehr und nicht weniger als andere Männer.«

»Das ist gut. Eitle Männer sind mir zuwider. Ich habe meinen Herbie so erzogen, dass …«

»Herbert ist nicht eitel. Das stimmt.«

»Er ruft Sie zurück.«

»Mein Vater wird sich bei Ihnen melden.«

Eine Viertelstunde später meldete sich der Chefinspektor. Rosa hörte deutlich ein plätscherndes Geräusch im Hintergrund.

»Du pinkelst doch nicht etwa, während du mit mir sprichst?«, fragte sie.

»Natürlich nicht«, erwiderte Herbert Frühauf. »Warum rufst du an?«

Das Plätschern verebbte.

»Ich habe Fragen zum Ermordeten.«

»Für mich ist der Fall gelöst. Ich werde morgen Viola Gattinger verhaften. Sie hat Hagen auf dem Gewissen.«

»Welche Beweise hast du?«

»Ihr Geständnis.«

»Du hast ein Geständnis. Das ändert natürlich alles.«

»Noch nicht. Aber sie wird gestehen, wenn sie einige Zeit geschickt verhört wird.«

»Herbert, wäre es möglich, uns noch zu einem direkten Gespräch zu treffen?«

»Mutter möchte fernsehen. Sie liebt diese Naturfilme und möchte nicht gestört werden.«

»Dann kommst du auf einen Sprung zu mir.«

»Hast du ein Hirter eingekühlt?«

»Dein Bier ist auf Lager.«

»Gekühlt?«

»Gekühlt.«

»Ich bin schon unterwegs.«

»Hat er, oder hat er nicht?«, fragte Rosa Weichsler ihre Zwillingsschwester.

»Natürlich hat er. Aber er steht nicht dazu.«

»Ob er's im Sitzen oder im Stehen macht?«

»In Anbetracht der Tatsache, dass er mindestens eine Hand zum Telefonieren benötigte und dass er der wohlerzogene Sohn einer strengen Mutter ist, vermute ich … Aber was! Wechseln wir das Thema. Es gibt Wichtigeres zu besprechen. Zuerst einmal musst du verschwinden, bevor er kommt.«

»Wieso ich?«

»Weil er uns nicht zusammen sehen darf.«

»Wir lassen das Los entscheiden.«

»Wenn du darauf bestehst.«

»Wir werden Herbert gemeinsam rufen. Diejenige, zu der er kommt, empfängt Frühauf.«

Großpudel Herbert stürmte in die Küche, in der die beiden Frauen standen. Unschlüssig betrachtete er eine nach der anderen, dann bewegte er sich auf Marie zu, die ihn mit einem Wurststück fütterte, das sie in der Rechten verborgen gehalten hatte.

»Du listige Schlange. Du hast das vorbereitet gehabt. Gut, ich ziehe mich zurück, ich werde aber mithören, über das Babyfon.«

»Und nimm Herbert mit. Er mag Frühauf nicht besonders.«

Marie Weichsler bat den späten Gast ins Wohnzimmer, in dem eine graue Ledergarnitur stand, deren Kauf die Schwestern mittlerweile bedauerten. Das Möbelstück fühlte sich sommers wie winters eiskalt an, und man bekam regelmäßig Kreuzschmerzen, sobald man zu lange darauf verbrachte. Auch rote Samtpolster lösten das Problem nicht. Sie verrutschten nach einiger Zeit, sodass man wieder auf dem blanken Leder saß.

Vor Frühauf standen eine Flasche Hirter-Bier und einige belegte Brötchen. Für sich hatte Marie Gin-Tonic bereitet, ihren Lieblingsdrink.

»Wir dürfen nichts übereilen. Der Fall ist noch nicht reif«, stellte Marie Weichsler fest.

»Für mich ist alles klar. Je früher ich zuschlage, desto besser. Ich will nicht noch weitere Menschen gefährden.«

»Du gefährdest damit deine Karriere«, konterte Marie. »Viola Gattinger könnte die Mörderin sein, doch spricht mehr für als gegen sie.«

»So? Da weißt du aber mehr als ich«, sagte Frühauf und nahm einen kräftigen Schluck aus dem Bierglas.

»Das Opfer ist der Spiegel, der den Mörder zeigt«, gab sich Marie geheimnisvoll.

»Ich sehe nur das Bild der Verrückten im Spiegel«, beharrte Frühauf.

»Ich schließe die Täterschaft der Apothekenhelferin auch nicht völlig aus. Aber es gibt weitere Spuren, und bevor wir diesen nicht gefolgt sind, sollte nichts übereilt werden. Noch ein Hirter?«

»Unbedingt.«

»Du bist mit dem Auto da?«

»Kein Problem. Keiner der Streifenpolizisten wagt es, mich zu kontrollieren.«

»Du könntest auch hierbleiben.«

»Mutter würde sich Sorgen machen.«

»Du könntest sie anrufen.«

»Das wäre eine Möglichkeit. Prost, Rosmarie!« Nach einer Weile fragte er nach: »An welche anderen Spuren denkst du?«

Marie Weichsler erkannte, dass sie den Chefinspektor beinahe weichgeklopft hatte und beschloss, sehr vorsichtig zu sein, um den Beinahe-Sieg nicht im letzten Moment zu gefährden.

»Die Lösung des Falles liegt auch dieses Mal in der Person des Opfers und in der Frage, wessen Motiv, es zu beseitigen, am stärksten war. Du hast ja selbst erzählt, dass Hagen als Versicherungsvertreter nicht unproblematisch war.«

»Willst du damit andeuten, dass auch ich zum Kreis der Verdächtigen zähle?«

»Keineswegs. Ich möchte nur ein möglichst realistisches Bild Siegfried Hagens aus deiner Sicht. Ein Bild, das nicht getrübt wird von der Forderung nach freundschaftlicher Verschwiegenheit, weil er auch Schlaraffe ist.«

»Ich habe ein Problem. Aber sei nicht böse …«

»Sag es einfach!«

»Könnten wir nicht in die Küche wechseln. Deine Sitzmöbeln sind ja sehr schön und alles …«

»Aber eiskalt und ungemütlich.«

»Du sagst es selbst.«

»Wir gehen in die Küche.«

Frühaufs Vorschlag kam Marie umso gelegener, weil ihre Schwester nur im Wohnzimmer ein Überwachungsgerät installiert hatte.

»Also, wie lautet die unzensierte Wahrheit?«, fragte Marie Weichsler am Küchentisch.

»Ein an sich dummer Mensch, mit einer gewissen Schlauheit und Brutalität, die es ihm ermöglichte, seine Ziele zu erreichen. Er war ein harter Kämpfer in eigener Sache.«

»Ein Verbrecher?«

»Ja, ein Verbrecher«, bestätigte Frühauf, »dem es gelang, seinen Kopf immer wieder aus der Schlinge zu ziehen, durch Überredung, Bestechung und Drohungen. Er beschäftigte einen Detektiv, der ihm Material über seine Gegner zutrug, das er gegen diese verwenden konnte.«

»Wer war das?«

»Gregor Lausecker. Selbst eine windige Gestalt. Zuerst großer Aufdecker, dann in Konkurs. Jetzt macht er für Geld alles.«

»Das ist gut«, sagte Marie Weichsler.

»Wieso soll das gut sein?«

»Er wird auch uns Wissen verkaufen.«

»Ich beabsichtige nicht, den Mann zu bezahlen«, wehrte der Chefinspektor ab.

»Dafür habe ich die *Kriegskasse.*«

»Du wirst doch nicht dein privates Vermögen aufs Spiel setzen!«

»Beim regelmäßigen Lottospielen fällt etwas ab, und das will sinnvoll investiert werden.«

»Aber der Einsatz …«

»Wir haben Gratis-Tipps.«

»Du meinst …«

»Die Trafikanten.« Marie Weichsler redete rasch weiter, um Frühauf vom verräterischen Wort wir abzulenken. »Ich werde ihn ganz allein aufsuchen und ihm ein verlockendes Angebot machen. Der Detektiv kennt beide Seiten: die des Opfers und der als Täter in Frage kommenden Menschen.«

»Täterinnen«, brummte Frühauf. »Es handelt sich um einen Giftmord.«

»Mir sind durchaus eine Menge von männlichen Mördern bekannt, die Gift für ihre Untaten verwendeten«, widersprach ihm Marie Weichsler.

»Zum Beispiel?«

»Trinkst du noch ein Bier?«

»Wenn es nicht vergiftet ist.«

»Deine Scherze waren schon besser, Herbert.«

»Also?«

»Du meinst männliche Giftmörder?«

»Ja. Nenn mir wenigstens einen!«

»George Chapman, der im Verdacht stand, Jack the Ripper zu sein. Oberleutnant Adolf Hofrichter, der fünf Generalstabsoffiziere mit Zyankalikapseln, die er als Potenzmittel getarnt hatte, vergiftete, um seinen Karriereaufstieg zu beschleunigen …«

»Aufhören, aufhören!«, wehrte Frühauf ab. »Du hast mich überzeugt. Mach, was du willst. Es hat ohnehin keinen Sinn, dir zu widersprechen.«

In diesem Moment klingelte es an der Tür des Weichslerschen Hauses. Pudel Herbert verstärkte den Klingelton durch heftiges Bellen.

Am Eingang stand Liliane Frühauf, die weibliche, etwas ältere Version ihres Sohnes.

Ein Bernhardinerweibchen, fand Marie.

»Ich wollte mich erkundigen, wie es Roman geht«, sagte die Frau und schaute neugierig ins Vorhaus.

»Besser. Vater wird sich bei Ihnen melden«, antwortete Marie Weichsler. »Morgen Abend allerdings muss er einen Auftrag für mich erledigen, im Mordfall Hagen, dann steht er zu Ihrer Verfügung. Und jetzt entschuldigen Sie mich. Wenn Sie meinen Vater suchen, so finden Sie ihn in seiner Wohnung.«

»Nicht so hastig, junge Frau«, unterbrach sie Liliane Frühauf. »Ich fahre meinen Sohn nach Hause. Er hat sicher getrunken. Sein Wagen steht vor dem Haus.«

»Kein Problem. Ich werde ihm ein Taxi rufen, sobald er sich zum Aufbruch entscheidet.«

»Ich möchte mit ihm sprechen.«

»Das ist nicht möglich.«

»Doch. Sie sind doch Marie, die Erstgeborene. So voll Widerstand und Energie. Ihre Schwester ist viel angenehmer im Umgang. Ich werde Herbert raten müssen, seine Aufmerksamkeit der umgänglicheren Schwester zuzuwenden.«

»Ach, kommen Sie herein!«, brummte Marie Weichsler und führte die Frau in die Küche.

Herbert Frühauf begrüßte seine Mutter mit Küssen auf beide Wangen, erhob sich und folgte ihr.

»Wir hören voneinander«, verabschiedete er sich von Marie.

Als diese allein in die Küche zurückkehrte, trank sie hastig zwei weitere Gläser Gin-Tonic.

»Du dachtest wohl, es wäre besonders schlau, mit Herbert in die Küche zu gehen, wo wir kein Babyfon angebracht haben«, meldete sich Rosa Weichsler vom Flur her.

»Es ist nichts passiert, wofür man sich schämen müsste«, versicherte Marie.

»Dafür hat seine Mutter gesorgt.«

»Es ist zum Verzweifeln!«

»Du sagst es. Uns bleibt nur die kriminalistische Arbeit.«

»Ich lasse Herbert noch in den Garten, dann ist Ruhe für heute.«

In dieser Hinsicht täuschte sich Marie Weichsler. Denn kaum war der Hund im Freien, als er durchdringend zu bellen begann. Anschließend war eine männliche Stimme zu hören, die auf den Pudel einredete.

6. Ritter von der traurigen Gestalt

Mit Pfefferspray bewaffnet, begab sich Marie Weichsler ins Freie. Rosa stand am Telefon, um im Notfall die Polizei zu verständigen.

Als sich die Rufe des Eindringlings zu Schreien verstärkten, wusste Rosa, dass ihre Schwester den Pfefferspray eingesetzt hatte und flüchtete die Treppe nach oben, nachdem sie das Babyfon in die Küche transferiert hatte.

Zur Sicherheit hielt sie ihr Handy bereit, um doch noch Hilfe herbeirufen zu können.

Die Stimmen ihrer Schwester und des Mannes waren deutlich zu vernehmen.

»Sie waren schon am Nachmittag in unserem Garten, Herr Lausecker.«

Aha, dachte Rosa, es war der Detektiv, der für Hagen arbeitete. Marie müsste ihn jetzt fragen, in wessen Auftrag er nach dessen Tod unterwegs war.

»Sie setzen sich jetzt an den Tisch. Ich nehme den Hund an die Leine, und dann unterhalten wir uns in aller Ruhe.«

»Sie können mich hier nicht festhalten.«

»Nein, aber ich kann die Polizei rufen und Sie wegen Eindringens auf ein fremdes Grundstück festnehmen lassen. Wer weiß, was Sie mit uns vorhatten, wenn nicht Herbert …«

»Ich muss das Badezimmer aufsuchen. Meine Augen, mein Gesicht. Ich weiß nicht, ob ich je wieder sehen werde.«

»Sie werden wieder sehen, sobald sie den Pfeffer entfernt haben. Aber kommen Sie mir nicht auf dumme Gedanken!

»Ach was! Ich arbeite für einen Klienten, der mich beauftragt hat, zu klären, wer Sie sind und ob Sie etwas mit dem Tod Siegfried Hagens zu tun haben.«

»Ihr Klient ist also Freund oder Angehöriger des Opfers, ob Mann oder Frau. Oder der Täter selbst.«

»Täter auf gar keinen Fall. Zur Identität meines Auftraggebers muss ich schweigen.«

»Sie haben vorher für Hagen selbst gearbeitet. Der Mann ist tot, also können Sie reden.«

»Ein netter Versuch. Sie erfahren von mir gar nichts. Ich gebe zu, ich bin im Zuge meiner Arbeit in Ihren Garten ge…«

»Illegal eingedrungen.«

»Das war ein Fehler. Aber ich trage keine Waffe und habe niemanden bedroht. Im Gegenteil …«

»Sie wollen unbedingt, dass ich die Polizei verständige?«

»Nein. Wir können uns friedlich einigen. Sie lassen mich gehen und …«

»Und?«

»Und aus!«

»Was Sie mir bisher erzählt haben, ergibt keinen Sinn. Sie behaupten, jemand will etwas über den Mord an Hagen herausfinden und deshalb interessieren Sie sich für mich. Ich kannte den Mann nicht einmal, bis …«

»Sie arbeiten für Frühauf. Das ist doch ein offenes Geheimnis.«

»Aha! Jetzt kommen wir der Sache schon näher.«

»Mehr kriegen Sie aus mir nicht heraus. Ich verrate nichts über meine Klienten. Darauf können Sie Gift nehmen.«

»So wie Hagen.«

»Wie? Wie meinen Sie das?«

»Denken Sie selbst nach!«

»Oh, ah. Eine Redensart.«

»Gut. Sie können gehen.«

»Auf Wiedersehen.«

»Ich hoffe nicht.«

Pudel Herbert würdigte den entschwindenden Detektiv keines müden Blickes. Der Mann war das nicht wert. Außerdem hatte er ein merkwürdig weißes Gesicht und roch nicht gut.

Gegen halb eins kehrte endlich Ruhe im Hause Weichsler ein. Herbert lag zu Füßen des Doppelbettes seiner Herrinnen auf einem weißen Schaffell, jederzeit bereit, Alarm zu schlagen, so tief er auch schlief und so angeregt er auch träumte.

Den nächsten Vormittag verbrachte Rosa in der Trafik. Am Nachmittag, an dem Monika Hauser übernahm, arbeiteten beide Schwestern im Garten. Unkraut musste gejätet und der Rasen gemäht werden. Auch die Ligusterhecke wurde auf ein erträgliches Maß zurechtgestutzt.

Gegen sechs erwarteten sie ihren Vater, der von seinem Abend bei den Schlaraffen berichten sollte.

Und sie hofften natürlich, dass Frühauf sie auf dem Laufenden halten würde. Doch dieser meldete sich den ganzen Tag nicht. Ein Grund, ihn anzurufen und zu befragen.

»Der Fall ist praktisch gelöst. Doktor Mayrhuber hat herausgefunden, dass Hagen tatsächlich mit Blausäure getötet wurde«, sagte der Chefinspektor.

»Und was noch?«

»Sonst nichts.«

»Das ist alles, was euer Herr Doktor entdeckt hat?«, wiederholte Marie Weichsler ihre Frage.

»Ich sagte es bereits. Cyanwasserstoffvergiftung. Ich habe die Apothekenhelferin verhaftet.«

»Sie war es nicht.«

»Wenn du meinst. Die konzentrieren sich auf Migranten- und Frauenthemen. Auch nichts Weltbewegendes.«

»Frauenthemen sind sehr wohl wichtig. In einer gerechten Welt wären wir Chefinspektorinnen, und Herbert wäre Trafikant.«

»Die Macht der Frauen sind die Männer, die sie manipulieren.«

»Du meinst, Herbert manipuliert uns?«

»Nein, umgekehrt. Ich habe mich ungenau ausgedrückt.«

»Ist schon gut, Herbert. Wir haben nicht über dich geredet.«

»Er muss hinaus.«

»Hoffentlich ist nicht wieder der Detektiv im Garten.«

»Ach was! Herbert wird schon mit ihm fertig.«

Doch der Großpudel wollte nicht in den Garten. Er stürmte zum Hauseingang und bellte ohrenbetäubend.

»Das wird Vater sein.«

Marie öffnete die Haustür und fand eine Bierkiste auf dem Fußabstreifer. Vater Weichsler lehnte an seinem Toyota und drückte beide Hände gegen seinen Unterleib.

»Was ist los? Komm doch herein.«

»Ihr müsst die Rettung rufen. Mein Leistenbruch. Er ist akut geworden.«

»Durch die Bierkiste«, stellte Marie fest.

»Beeil dich. Sonst ist es zu spät.«

»Übertreib nicht! An einem Bruch ist noch niemand gestorben.«

»Du hast ja keine Ahnung, wie stark die Schmerzen sind.«

»Komm herein und leg dich auf die Couch, bis der Notarzt kommt.«

»Ich weiß nicht.«

»Doch! Wir wollen nicht der ganzen Gasse ein abendliches Schauspiel bieten.«

»Ihr denkt nur an euch«, klagte der Mann. »Ihr wollt nicht gesehen werden.«

»Das auch«, gestand Rosa. »Schade. So kannst du uns nicht von den Schlaraffen erzählen.«

»Ich habe eine DVD für neue Mitglieder.«

»Gib her!«

Rosa begleitete den Vater ins Krankenhaus, während Marie die DVD einer Zusammenkunft der Steyrer Schlaraffen auf dem Fernsehschirm verfolgte.

Animiert von den meist alkoholischen Getränken auf der Tafel des Reyches Styria, genehmigte sich auch Rosa ein weiteres Gin-Tonic.

Die Steyrer Schlaraffen *sippten,* wie der Kommentator das nannte, in hallenartigen Räumlichkeiten, deren Wände mit Wappen und Holzschwertern, Fahnen und Uhus bedeckt waren. Der Uhu mit einem scherzhaft zugekniffenen Auge als Symbol für Weisheit und Humor. Denn alles in der Schlaraffenburg war Spiel, erklärte der Ritter aus dem Off. Das ernsteste Geschehen wurde durch Humor gemildert und verklärt.

»Wenn einer der Ritter moralisch strauchelt, wird er zwar bestraft, er kommt in den Kerker, kann jedoch durch die Gitterstäbe in den Rittersaal blicken und sich freikaufen. Durch eine besonders gelungene *Fetzung* oder eine *Pön.* Wie im Falle des gefallenen Ritters *Tronje.* Er hat sich freigekauft durch die Spende eines Flügels, der von Stund an unsere Sippungen beflügeln wird.«

Eine Gruppe von Männern im ordenbedeckten grün-weißen Talar, mit Karnevalsmützen auf dem Kopf, die der Kommentator als Rüstung bezeichnete, erhob sich und ließ ein Lied erklingen.

7. Elternabend

»Der Fall ist gelöst. Ich habe Viola Gattinger verhaftet«, meldete sich Chefinspektor Frühauf am Telefon.

»Mach dich nicht unglücklich, Herbert!«, bat Marie Weichsler. »Sie war es nicht.«

»Wer sonst?«, fragte Herbert Frühauf überraschend scharf.

»Das werden wir herausfinden.«

»Wir?«

»Du und ich.«

»Meine Ermittlungen sind abgeschlossen. Ich sammle nur mehr Beweise gegen diese Apothekenhelferin.«

»Ich möchte dabei sein.«

»Wenn dir nicht leid um die Zeit ist …«

»Es ist mir wichtig.«

»Gut, dann kannst du mir eine Aufgabe abnehmen. Ich wäre sehr froh, wenn du ins Hotel Minichmayr fahren und die beiden Stars befragen könntest, was sie beobachtet haben.«

»Marold und Foltin?«

»Genau die meine ich.«

»Das mache ich gern. Vielleicht bekomme ich Autogramme.«

»Perfekt.«

»Warte einen Augenblick«, bat Marie Weichsler. »Du musst meinen Vater bei deiner Mutter entschuldigen. Er wird heute operiert.«

»Mein Gott, was hat er denn?«

»Einen Leistenbruch, der akut wurde, als er eine Kiste Hirter in unser Haus trug.«

»Unser Haus?«

»Mein Haus.«

»Ich werde es Mutter sagen. Und alles, alles Gute, wenn du ihn besuchst.«

Das Hotel Minichmayr lag am Zusammenfluss der Enns und der Steyr. Von der verglasten Terrasse konnte man sehen, wie die hellgrüne Steyr in die olivfarbene Enns mündete und die Wasser sich mischten. Die Vormittagssonne ließ die Gischt weiß aufleuchten.

Lou Marold und Roger Foltin hatten sich zum Schutz gegen die Blendung Sonnenbrillen aufgesetzt.

Die uniformierte Marie Weichsler, die von den beiden Schauspielern zum Frühstück eingeladen worden war, studierte die Gesichter der Stars.

Roger Foltin war sauber rasiert, er hatte das Gesicht eingecremt. Die schwarzen Augenbrauen waren gezupft, sein dunkles Haupthaar war perfekt geschnitten. Der Mann verkörperte gepflegte, untadelige Männlichkeit, ohne besondere Auffälligkeiten aufzuweisen.

Lou Marolds Gesicht erzählte die interessantere Geschichte. Die Haut der Schauspielerin war sehr hell, fast weiß, wie das für Rothaarige typisch war. Marie kannte das von Rosa und ihr selbst. Man musste als heller Typ in der Sommersonne sehr vorsichtig sein.

Das Haar der Schauspielerin jedoch war dunkel gefärbt, ein Umstand, der dem zarten Gesicht Härte und Entschlossenheit verlieh. Auch die dunkle Stimme trug zu diesem Eindruck bei. Eine Mischung aus Wildheit und Romantik, fand Marie Weichsler. Faszinierend, im Gegensatz zu ihrem Begleiter, der eher an eine Actionfigur aus dem Barbie-Sortiment erinnerte.

Mit diesen Worten reichte Lou Marold der uniformierten Marie Weichsler ihre Visitenkarte.

»Ach, könnten Sie mir ein Foto mit Ihrer Unterschrift geben, Frau Marold, Herr Foltin.«

»Sehr gerne.«

»Und was ich noch gerne wissen würde: Haben Sie irgendetwas Auffälliges gesehen oder gehört, am Tage des Mordes. Oder vorher oder nachher?«

Die beiden Schauspieler sahen einander an, dann zuckte Roger Foltin mit den Schultern: »Eigentlich nicht. Wir haben absolut keine Ahnung, wer als Mörder in Frage käme. Dass es jemand war, der Zugang zur Bühne hatte, ergibt sich logischer Weise.«

Als Marie nach Hause kam, sprang ihr Pudel Herbert entgegen und fasste sie in Wiedersehensfreude mit dem Maul am rechten Handgelenk. Rosa arbeitete im Garten.

»Die Erde ist schon ganz hart und trocken. Ich hoffe, es regnet bald. Gießen allein genügt nicht. Besonders die Rosen benötigen weiches, warmes Wasser.«

»Wir Wiener Wäscherinnen wollen weiße Wäsche waschen. Wenn wir wüssten, wo weiches warmes Wasser wär«, zitierte Marie ihre Mutter.

Beide Frauen lächelten in Erinnerung an ihre verstorbene Mutter versonnen vor sich hin.

»Diesen Spruch haben wir von ihr«, sagte Rosa.

»Und das Wissen über die Pflanzen.«

»Und vom Vater?«

»Die Trafik.«

»Monika hat aus der Trafik angerufen«, erzählte Rosa. »Sie hat erfahren, dass Herta Sonnleitner die Rolle des Teufels übernommen hat.«

»Warte einen Moment! Herta Sonnleitner. Ist das nicht …«

»Die Souffleuse.«

»Mein Gott, die Leute vom Theater müssen wirklich verzweifelt sein«, bemerkte Marie. »Der nächste Mordanschlag kommt vermutlich von einem kulturell gebildeten Menschen, der sich an der Truppe rächen will.«

»Und was machen wir?«

»Wir nehmen die Sache in unsere Hände. Mit Herbert ist nichts mehr anzufangen. Er ist so felsenfest überzeugt, dass er den Fall gelöst hat, dass er einen Klotz am Bein darstellt.«

»Also wir beide allein?«, fragte Rosa etwas verzagt.

»So ganz allein wieder auch nicht. Ich schlage vor, wir investieren in die Lösung des Falles.«

»Was meinst du damit?«

»Wir engagieren den Detektiv und schlagen damit zwei Fliegen auf einen Streich. Wir erfahren mehr über ihn und seine Auftraggeber und …«

»Und was soll er für uns erledigen?«

»Er soll sich um die Eltern kümmern. Das Gespräch mit Marold und Foltin hat mich auf einen Gedanken gebracht. Wir müssen uns mit den Eltern der Hauptbeteiligten befassen. Bei ihnen liegt der Schlüssel zum Verständnis der Kinder.«

»Ich weiß nicht …«

»Lou Marold erinnert sich, dass zumindest ein Elternteil Hagens ermordet wurde. Deshalb landete er im Internat.«

»Und warum war sie selbst dort?«

»Siehst du. Das sind genau die Fragen, die uns weiterhelfen.«

»Und dabei soll uns der Detektiv unterstützen?«

»So ist es. Ich lade ihn hierher ein, während du dich um Vater im Krankenhaus kümmerst.«

belästigen, mich nicht erkundigen, warum sie überhaupt Recherchen anstellen …«

»Diese Haltung weiß ich zu schätzen, Herr Lumplecker.«

»Lausecker«, verbesserte sie der Mann.

»Entschuldigen Sie. Namen bereiten mir immer Schwierigkeiten. Wissen Sie, wie Lou Marold und Roger Foltin tatsächlich heißen? Marold und Foltin müssen wohl Künstlernamen sein.«

»Foltinek. Bei Marold kann ich Ihnen leider nicht weiterhelfen.«

»Sie sind ein wahrer Profi.«

Der Mann schwieg bescheiden und trank von seinem Bier.

»Und das Honorar?«, erkundigte sich Marie Weichsler.

»Für grundsätzliche Informationen über Hagens Eltern 1.000 Euro, 500 sofort, den Rest nach Abschluss meiner Recherchen. Sie entscheiden dann, ob Sie mehr wissen wollen. Das würde extra verrechnet werden.«

»In Ordnung. Sie geben mir Ihre Kontodaten.«

»Mit Rechnung wäre es teurer. Das ist der Barpreis.«

»Gut. Wann kann ich mit einer Nachricht von Ihnen rechnen?«

»Morgen Abend. Ich komme vorbei.«

»20 Uhr.«

»Passt.«

Die Wachsamkeit war wichtig. Nur so konnte Sanny herausfinden, was der Detektiv plante. Der Mann war bereit, für Geld alles zu tun, sich sogar mit dem gefährlichsten Gegner zu verbünden, mit dieser scheinbar harmlosen Polizistin, die bereits die richtige Spur aufgenommen hatte. Das Unternehmen entwickelte sich zu einem Kreuzzug gegen menschlichen Müll bei Leuten wie Hagen und Lausecker. Ein Schritt ergab sich zwingend aus dem vorhergehenden. Zudem wurde die Welt ein Stück sauberer, wenn dieser Unrat entsorgt war.

Es war leicht, den Detektiv anzulocken, immerhin arbeitete er für Sanny. Man verabredete sich im Auto, am Quai der Enns. Motorhaube Richtung Fluss, Betäubung des Mannes, der Wagen rollte ins Wasser. Einziges Problem: Wie sollte man den Mann betäuben? Klare Antwort: Man verbarg sich im Fond des Wagens, von Anfang an und nahm eine Klaviersaite, die wie ein Rasiermesser wirkte, wenn sie von hinten um den Hals geschlungen wurde. Man benötigte Lederhandschuhe, um die eigenen Hände zu schonen.

Lausecker konnte nicht mehr atmen, weil seine Luftröhre abgeschnürt war, Blut staute sich in den Halsschlagadern. Der Mann bäumte sich auf wie ein Ochse auf der Schlachtbank. Man musste viel Kraft einsetzen, um nicht locker zu lassen, um nicht alles zu gefährden.

Als die Bewegungen des Detektivs nach letzten Zuckungen verebbten, wartete Sanny noch einige Minuten, verließ dann den Wagen, öffnete die Fahrertür, nahm den Gang heraus, öffnete die Handbremse, schloss die Tür und stemmte sich mit dem Rücken gegen das Heck des Wagens, bis dieser den Hang hinab in den Fluss rollte.

Der Wagen gebärdete sich anfangs wie ein Boot, wogte und tanzte auf den Wellen, bis sich die Vorderseite mit dem schweren Motor nach vorne senkte und das Fahrzeug sank.

Marie Weichsler hatte soeben begonnen, die Blumenbeete zu wässern, als Herberts freudiges Bellen die Rückkehr Rosas ankündigte. Sie legte den Schlauch beiseite und setzte sich an den Gartentisch, auf dem schon zwei Gläser und Gin- und Tonicflaschen standen.

»Das habe ich jetzt nötig«, seufzte Rosa.

»Geht es ihm so schlecht?«

»Warte, einen Augenblick!«, bat Rosa und leerte zuerst ein Glas Tonic, bevor sie das nächste mit Gin mischte. »Körperlich geht es ihm ganz gut. Er wurde am Vormittag operiert und kann schon aufstehen.«

»Aber?«

»Er beklagt das unsensible Verhalten der Schwestern, die nicht kommen, wenn er läutet, das unmögliche Benehmen des Reinigungspersonals, das mit der Lautstärke einer Fußballmannschaft in das Zimmer stürmt, die Härte der Matratze …«

»Und überhaupt. Mit einem Wort: Er ist ganz der Alte und wohlauf.«

»Und du? Hast du den Detektiv erreicht?«

»Er ist vor einer Stunde gegangen.«

In diesem Moment meldete sich das Schnurlostelefon auf dem Gartentisch.

Rosa griff nach dem Mobilteil und drückte die Empfangstaste. Es war Frühaufs Mutter.

»Wie geht es eurem Vater?«, erkundigte sich die Frau.

»Sie meinen meinen Vater.«

»Ach, natürlich, wie konnte ich mich so vergessen, Rosmarie. Hat er die Operation hinter sich?«

»Alles bestens. Er wird vermutlich morgen aus dem Krankenhaus entlassen.«

»Ihr kümmert euch um ihn?«

»Ihr?«

»Sie. Sie werden ihn bei … Ihnen … äh … wohnen lassen?«

»Das ist nicht nötig. Es war keine schwere Operation.«

»Dann übernehme ich die Aufgabe. Ich werde morgen früh ins Krankenhaus fahren und ihm beistehen.«

»Er wird sich darüber freuen«, meinte Rosa, die eine Chance sah, dass sich die beiden endlich näherkamen.

»Ihre Reaktion überrascht mich«, gestand Liliane Frühauf. »Ich dachte immer, Sie sind eifersüchtig.«

»Im Gegenteil. Ich wäre froh, wenn er endlich wieder eine Frau hätte. Das Alleinsein verstärkt seine negativen Eigenschaften.«

»So?«, zeigte sich Mutter Frühauf überrascht. »Welche wären denn das?«

Nur jetzt keinen Fehler machen, überlegte Rosa. Ich darf sie nicht abschrecken. »Keine Angst, nichts Schlimmes, außer seiner Sehnsucht, wieder für jemanden da sein zu können«, säuselte Rosa.

»Das kann ich verstehen. Mir geht es genauso.«

»Schöne Grüße an Herbert«, wollte sich Rosa von dessen Mutter verabschieden.

»Der wurde soeben gerufen. Es scheint einen weiteren Mord gegeben zu haben. Ein Detektiv.«

8. Sternschnuppen

Etwas viel auf einmal, seufzte Rosa Weichsler in der Trafik. An diesem Vormittag gab es mehr Kunden als sonst, darunter viele Touristen, die den Schauplatz des Mordes im Schlossgraben besichtigen wollten.

Nella Steiner-Optresal, die sich mit Frauenzeitschriften versorgte, weil sie die langen Wartezeiten bei den Proben überbrücken musste, berichtete stolz vom exzellenten Kartenverkauf.

»Alle zurückgegebenen Karten haben wir an den Mann gebracht. Oder an die Frau.«

»Da gratuliere ich. Wie geht es Ihnen mit dem Text?«, erkundigte sich Rosa.

»Kein Problem. Ich beherrsche ihn.«

»Sie haben jetzt keine Souffleuse mehr.«

»Herta spielt den Teufel. Und Gott. Die Tochter Hertas hat übernommen.«

»Die ist auch so klein, dass sie in den Kasten passt?«

»Nein, aber irgendwie scheint es zu klappen«, antwortete die Schauspielerin, und Rosa Weichsler verabschiedete sich mit einem halb gespuckten *Toitoitoi.*

Richtig spannend wurde es, als Herbert Frühauf auftauchte. Er blätterte in einigen Zeitschriften, so lange noch andere Kunden in der Trafik waren, aber kaum waren Rosmarie und er allein, kam er zur Sache: »Ich habe Entzugserscheinungen«, sagte er.

»Du rauchst? Das ist mir neu«, staunte Rosa Weichsler.

»Ich meine unsere gemeinsame Arbeit. Ich brauche dich, Rosmarie«, sagte der Chefinspektor in beinahe flehendem Ton.

»Das überrascht. Ich dachte, du hast den Täter gefasst.«

»Untersuchungshaft wird bei dringendem Tatverdacht und Vorliegen von Haftgründen, wie Flucht-, Verdunkelungs-, Tatbegehungsgefahr verhängt, wenn die Haftzwecke nicht auch mit gelinderen Mitteln, zum Beispiel Haftkaution, erreicht werden können.«

»Aha. Du hast das auswendig gelernt«, spottete Rosa.

»Ich bin vom Untersuchungsrichter belehrt worden, der soeben Viola Gattinger freigelassen hat.«

»Warum?«

»Weil ein weiterer Mord geschehen ist, den sie nicht begangen haben kann.«

»Ich habe davon gehört. Das ist tatsächlich eine interessante Entwicklung«, fand Rosa Weichsler und bemühte sich, ihre Neugier zu zähmen und darauf zu warten, bis Frühauf ihr mitteilte, was genau geschehen war.

»Der Detektiv, der für Hagen gearbeitet hat …«

»Gregor Lausecker.«

»Er wurde erwürgt, mit irgendeinem Seil oder so etwas und in der Enns versenkt.«

»In einem Sack, mit Betonstiefeln?«

»In seinem Wagen. Es kann nur Hagens Frau gewesen sein, um ihre Mitarbeiterin zu entlasten.«

»Sei vorsichtig, Herbert! Du darfst nicht wie ein Stier auf jedes rote Tuch losrasen, das dir jemand vor die Augen hält. Der Fall muss gründlich ausgelotet werden.«

»Danke.«

»Wofür, Herbert?«

»Dass du wieder mit mir arbeitest und dass …«

»Ja?«

»Und dass du mich als Stier und nicht als Ochse bezeichnest, als der ich mich im Augenblick fühle. Übrigens dein Vater ist bei uns im Haus, in Muttis Pflege.«

»Das ist aber ziemlich beleidigend, findest du nicht?«
»Du meinst, dass Mutti …«
»Dass dir bei der Nennung eines Ochsen mein Vater einfällt.«
»Reiner Zufall. Überhaupt kein Zusammenhang.«
»Wer's glaubt.«
»Könntest du etwas konstruktiver sein, Rosmarie?«
Bevor Rosa Weichsler antworten konnte, musste sie sich um eine Kundin kümmern, die unbedingt wissen wollte, in welcher der Zeitschriften ein Artikel über Prinz William und seine Kate zu finden war.
»Er sieht seiner Mutter so ähnlich«, fand die Frau. »Was man von seinem Bruder nicht behaupten kann.«
»In *Frau mit Herz* müsste etwas über die beiden zu finden sein«, versuchte Rosa Weichsler den Redefluss der Alten zu stoppen. Doch vergebens.
»Harry schaut aus wie dieser Rittmeister, mit dem Diana angeblich ein Techtelmechtel hatte.«
»Was?«
»Ein Gspusi, ein Verhältnis.«
»Ach so.«
»Ich nehme zur Sicherheit alle«, sagte die Kundin und schob Rosa Weichsler ein Bündel bunter Magazine über den Ladentisch. Bevor sie die Trafik verließ, betrachtete sie mit einem kritischen Blick Rosa und den Chefinspektor, dann fragte sie: »Und was brüten Sie gerade aus? Zwischen Ihnen läuft doch etwas.«
»Das lesen Sie in der nächsten Woche in *Frau mit Herz*«, sagte Rosa Weichsler.
»So eine Frechheit!«, ärgerte sich Frühauf, als die Frau gegangen war.
»Um einen konstruktiven Beitrag zu deinen Ermittlungen zu leisten …«

»Wieso?«

»Du hast mich aufgefordert, etwas konstruktiver zu sein, bevor …«

»Bevor dieses alte Dromedar seine dumme Nase in unsere Angelegenheiten steckte.«

»Lass es an dir abperlen wie Regen auf …«

»Auf Dromedarhaut. Gut. Also, wie lautet dein konstruktiver Vorschlag?«

»Wir werden ins Herz der Finsternis vorstoßen müssen, um diesen Fall zu lösen.«

»Und das nennst du konstruktiv?«

»Ich bin eben eine Frau mit Herz.«

»Und wo gedenkst du dieses Herz der Finsternis zu finden?«

»In der Vergangenheit, in der die Wurzeln des gegenwärtigen Geschehens liegen«, sagte Rosa Weichsler ernst. »Ich möchte endlich wissen, was in der Kindheit Hagens geschehen ist, was seinen Charakter so zerstört hat.«

»Du willst seine Frau fragen?«

»Nein. Wir werden uns mit seinen Eltern beschäftigen.«

»Wir?«

»Wir«, bekräftigte Rosa Weichsler. »Der Detektiv kann es nicht mehr machen.«

»Du willst doch damit nicht andeuten …«

»Er war von mir beauftragt, das Leben des Ermordeten zu erforschen. Ich betone aber, dass ich ihn nicht erdrosselt und ertränkt habe. Immerhin hat er einen Vorschuss von 500 Euro erhalten.«

»Ich werde mich bemühen, dich möglichst schnell zu informieren, um nicht mein eigenes Leben zu gefährden«, feixte Frühauf. »Ich ahne jetzt, wie gefährlich du werden kannst. Und mein Honorar?«

»Schweinsbraten und Hirter?«
»Warm oder kalt?«
»Hirter kalt, Schweinsbraten warm.«
»In Ordnung. Ich übernehme den Auftrag.«

Mitte August ging die Sonne um 20:15 Uhr unter. Richtig dunkel wurde es erst kurz vor 21 Uhr. Marie und Rosa saßen im Garten, dem einzigen Ort im Freien, an dem sie sich gemeinsam aufhalten konnten, weil er durch das Haus zur Straße völlig von den Blicken Vorbeigehender abgeschirmt war. Zum Uferweg hin bot eine Fichtenhecke Sichtschutz.

Die Zwillingsschwestern tranken Gin-Tonic und beobachteten wieder einmal die sich öffnenden Blüten der Nachtkerze, die mit ihrem hellen Gelb den Garten zu beleuchten schienen. Kolibriartige Nachtfalter umschwirrten die Pflanzen.

»Vielleicht sehen wir Sternschnuppen und können uns etwas wünschen. Es ist die Zeit der Perseiden.«

Beide Frauen lehnten sich weit zurück in ihren Korbsesseln und blickten in den nachtgrauen Himmel, auf dem schon Sterne zu sehen waren.

Aber erst, als es wirklich dunkel war, zog der erste Meteor seine leuchtende Bahn über den Himmel. Rosa zischte dazu, um den Eindruck akustisch zu unterstreichen.

»Ich habe gehört, dass dies winzige Teilchen sind, nicht größer als eine Erbse. Hast du dir etwas gewünscht, Rosa?«

»Das funktioniert nur, wenn man die Sternschnuppe als Einzige sieht und den Wunsch niemandem mitteilt.«

Nun positionierten die beiden Frauen ihre Sitzgelegenheiten so, dass sie in entgegengesetzte Richtungen schauten und beobachteten schweigend das Geschehen am Himmel.

Rosa wusste nicht, was sie sich wünschen sollte. Sie war zufrieden mit ihrem Leben, dem Beruf, dem Detektivspiel als

Hobby, mit Haus und Garten und den beiden Herberts. Von Marie ganz abgesehen. Obwohl …

Das Leben mit der Zwillingsschwester bot viele Vorteile, engte aber auch ein. Wie schön wäre es, sich unbefangen unter Menschen bewegen zu können, eine wirkliche Beziehung zu haben, zu heiraten, Kinder zu bekommen. Mit einem Wort, das labile Gleichgewicht zu beenden, in dem sie und ihre Schwestern mit der menschlichen Umwelt lebten.

Marie, wie es sich für eine Zwillingsschwester gehörte, dachte ebenso. Beide Frauen jedoch nahmen Abstand, diese Überlegungen als Wunsch zu formulieren. Es waren bloße Gedanken, die sie schnell verscheuchten, um sich einen sehr praktischen Wunsch zu überlegen.

Ich wünsche mir, dachten Rosa und Marie, *dass wir die Morde an Siegfried Hagen und Gregor Lausecker möglichst schnell aufklären können. Und …* Aber das war schon ein zweiter Wunsch, für dessen Erfüllung eine weitere Sternschnuppe nötig war: *Und dass niemand mehr zu Schaden kommt.*

Rosa und Marie jedoch hielten vergeblich Ausschau nach weiteren Meteoren.

»Wir müssen uns trennen«, sagte Marie, und Rosa wandte sich erschrocken ihrer Schwester zu.

»Du hast doch nicht …«

»Nein, kein Wunsch. Ich habe über unsere weitere Arbeit an diesem Fall nachgedacht. Wir bringen mehr voran, wenn wir getrennt und gleichzeitig unterwegs sind, mit allem Risiko, dass unser Geheimnis aufgedeckt wird.«

Rosa sprach den Hintergedanken nicht aus, war sich aber sicher, dass ihre Schwester wusste, worum es ging: Wer von ihnen blieb bei Herbert Frühauf, und wer nicht?

»Wir lassen wieder das Los entscheiden«, sagte Marie, riss einen Grashalm ab und verbarg ihn in einer der Fäuste.

»Wer den Halm zieht, bleibt in Steyr, die andere muss nach Bad Ischl, um im Internat nach Spuren von Siegfried Hagen zu suchen.«

Rosa tippte mit dem Zeigefinger auf Maries leere Faust.

»Wir müssen Monika Hauser bitten, uns in nächster Zeit ganztägig in der Trafik zu vertreten«, stellte Rosa fest und bemühte sich, ihre Enttäuschung nicht zu zeigen.

»Und wer kümmert sich um Herbert?«

»Du.«

»Ich meinte den Hund. Ich kann ihn nicht im Dienstwagen mitnehmen«, sagte Marie.

»Was bleibt mir anderes übrig, als mit ihm auf Reisen zu gehen«, stellte Rosa fest, war aber froh, nicht allein unterwegs sein zu müssen.

Gegen 22 Uhr erreichte die beiden ein verzweifelter Anruf ihres Vaters: »Sie ist einen Augenblick hinausgegangen. Ihr müsst mich abholen. Ich halte das keine Minute länger aus.«

»Wir können uns aber nicht um dich kümmern«, sagte Marie entschlossen. »Wir sind mitten in den Ermittlungen.«

»Ich komme allein zurecht, aber ich brauche Ruhe. Eine von euch bringt mich in meine Wohnung.«

»Und was sollen wir deiner Betreuerin sagen?«

»Dass ihr meine Betreuung übernehmt. Punkt.«

»Gut, Marie wird deinen schweren Fall übernehmen.«

»Sie soll sich beeilen. Ich weiß nicht, was …«

Hier brach Vater Weichslers Telefonat ab. Marie vermutete, dass Liliane Frühauf zurück in das Zimmer gekommen war.

»Ich nehme zur Sicherheit ein Taxi. Ich habe doch einiges getrunken«, entschied Marie.

Das Haus, das Herbert Frühauf und seine Mutter bewohnten, lag in der Waldrandstraße, jenseits der Enns. Frühauf war noch nicht zu Hause, seine Mutter öffnete.

»Ich habe mich entschlossen, mich nicht vor der Verantwortung zu drücken«, sagte Marie Weichsler energisch, »und die Betreuung meines siechen Vaters zu übernehmen.«

»Das kommt überhaupt nicht in Frage. Wenn sich jemand um ihn kümmert, dann bin ich es.« Liliane Frühauf war so aufgebracht, dass sich ihre Wangen röteten.

»Ich möchte meine Tochter sehen«, ertönte Roman Weichslers Stimme von drinnen, schwach und weinerlich.

»Dann kommen Sie herein«, sagte die mächtige Frau widerwillig und begleitete Marie in das Schlafzimmer, wo Vater Weichsler tief vergraben unter einer Daunendecke im ehelichen Doppelbett lag.

»Es geht mir gar nicht gut. Du musst mich zurück ins Spital bringen«, klagte der Mann.

»So, das ist mir aber neu«, stellte Liliane Frühauf fest. »Was fehlt dir denn?«

»Ein Bluterguss über Teilen meines Körpers, die ich gar nicht beschreiben kann und ein schrecklich stechender Schmerz.«

»Ich bringe dich ins Spital«, sagte Marie und bat ihren Vater aufzustehen. »Kannst du dich allein anziehen?«

Vater Weichsler bejahte, und Marie verließ den Raum. Als Liliane Frühauf ihr nicht folgte, nahm Marie sie am linken Arm und führte sie aus dem Schlafzimmer.

Im Flur bedankte sie sich für die freundliche Hilfe und versprach, Liliane Frühauf zu benachrichtigen, sobald ihr Vater wieder einigermaßen bei Kräften wäre.

»Ich besuche ihn gleich morgen im Spital«, entschied die Frau.

»Davon rate ich ab. Ich denke, er ist nur wehleidig und wird nicht wieder aufgenommen.«

»Dann bringen Sie ihn wieder zu mir.«

»Sobald es ihm besser geht.«

»Sie sind eifersüchtig auf mich, geben Sie es zu!«, zischte die Frau.

»Keineswegs. Aber ich kenne seine komplizierte Psyche. Lassen Sie ihn jetzt gehen, und er wird freiwillig zurückkehren.«

»Sie deuten doch damit nicht an, dass er Sie um Hilfe gebeten hat?«

»Eine gute Tochter hört auch stumme Hilfeschreie.«

»Was für ein Unsinn!«

»Ich bin bereit. Schade, dass ich gehen muss«, meldete sich Herbert Frühauf von der Schlafzimmertür her, seinen Koffer in der Hand.

»Du darfst jetzt nichts tragen«, entschied Liliane Frühauf nahm den Koffer und begleitete Vater und Tochter zum Taxi.

»Ein Taxi? Ich dachte, Sie haben einen Rettungswagen verständigt.«

Aber da war Roman Weichsler schon eingestiegen und winkte aus sicherer Entfernung seiner Betreuerin zu.

»Kaserngasse, auf dem Tabor«, sagte der Mann und seufzte erleichtert.

Am Zielort bat Marie den Taxifahrer zu warten und begleitete ihren Vater zu seiner Wohnung im zweiten Stock.

»Was war so schrecklich bei Frühaufs Mutter?«

»Darüber kann ich nicht sprechen. Das ist Männersache.«

»Ist sie zudringlich geworden?«

»Sie hat Interesse an mir als Mann, das ich im Augenblick nicht erwidern kann.«

»Wegen des Blutergusses.«

»Auch.«

»Und sonst?«

»Wenn du es unbedingt wissen willst: Meine dafür in Frage kommende Körperregion ist ohne jedes Gefühl, betäubt, stillgelegt, und ich habe keine Ahnung, ob alles so funktioniert, wie es sollte.« Dann fügte er hinzu: »Und ich habe derzeit wenig Lust, das herauszufinden.«

»Alles klar«, meinte Marie und verkniff sich ein Lächeln. »Dafür hast du Zeit, sobald es dir besser geht.«

»Eigentlich habe ich mit diesem Thema für immer abgeschlossen und bin froh darüber.«

»Man wird sehen.«

9. Rettenbachwildnis

Pudel Herbert liebte Autofahrten. Er verfolgte interessiert das Treiben auf den Straßen und abseits davon. Seine besondere Aufmerksamkeit galt Menschen und Tieren. Aus diesem Grund und weil sie selbst die Fahrt nach Bad Ischl mit Erholung und Abwechslung verbinden wollte, wählte Rosa Weichsler die Strecke über Scharnstein und Gmunden. Die Fahrt über die Autobahn hätte sie zwar schneller ans Ziel gebracht, wäre aber mit deutlich weniger Abwechslung verbunden gewesen.

Die Sonne strahlte vom hellblauen Himmel, die Getreidefelder waren abgeerntet und zum Teil gepflügt, die Wiesen gemäht und gedüngt. Immer wieder beförderte die Klimaanlage, die ihr und dem Hund die Fahrt in der Spätsommerhitze erleichtern sollte, üble Gerüche in das Fahrzeug, die Herbert mit interessiertem Schnuppern wahrnahm, bei Rosa Weichsler jedoch Übelkeit verursachten. Sie schaltete Klimaanlage und Lüftung aus und hoffte auf ein baldiges Ende der Geruchsbelästigung.

Österreich. Das Land, das die ländliche Bevölkerung immer wieder flächendeckend mit Fäkalien bedeckte und dafür noch Förderungen von der EU erhielt.

Der Satz, würde er mehrmals wiedergekäut, könnte von Thomas Bernhard stammen, einem weiteren Phänomen des Landes, das all die üble Laune seiner Bewohner reflektierte, den Grant, wie das auf Österreichisch hieß. Bernhards Stücke, von preußischen Regisseuren und Schauspielern auf die Bühne gebracht, täuschten intellektuellen Anspruch vor und darüber hinweg, dass es in ihnen – aus Rosa Weichslers Sicht – keinen doppelten Boden gab. Er war ein konservativer Schwätzer, ein Suderant, der seine Gedanken 1:1 den Figuren in den Mund legte. Die Damen und Herren seiner Dramen waren alle kleine und große Bernhards. Und sonst nichts. Überschätzt wie Hugo von Hofmannsthal.

Als Herbert im Fond des Wagens zu hecheln begann, nahm Rosa die Klimaanlage wieder in Betrieb, bis das Innere des VW Polo einigermaßen abgekühlt war.

Die Sonne verwandelte den Traunsee, dessen Westufer sie entlangfuhr, in eine gleißende Fläche, deren Helligkeit Rosa zwang, die Sonnenbrille aufzusetzen. Herbert blickte in die entgegengesetzte Richtung, die für ihn Interessanteres bot, wie Kühe auf den Weiden, Radfahrer und andere Hunde.

Als sie sich Bad Ischl näherten, hielt sie, um die Adresse des Internats noch einmal zu überprüfen.

Griesgasse 15. Josefinum. Sie zog die Uniformjacke, die sie als Polizeibeamtin auswies, an und überlegte das weitere Vorgehen. Sie konnte Herbert nicht in das Internat mitnehmen, das würde ihren Laienstatus verraten, also musste sie Motor und Klimaanlage laufen lassen, um die Gesundheit des Hundes nicht zu gefährden und dann mit dem Zweitschlüssel absperren.

Inspektor Weichsler hatte einen Termin mit der Schulsekretärin fixiert, das Internat war den Sommer über geschlossen, die Schüler verbrachten die Ferien bei ihren Familien, mit Ausnahme ganz weniger, die auch im Juli und August betreut wurden.

Sie würde um Auskunft über einen früheren Schüler ersuchen, den ermordeten Siegfried Hagen. Vielleicht gab es noch irgendwo einen alten Lehrer, der sich an ihn erinnern konnte. Auf jeden Fall mussten Aufzeichnungen vorhanden sein.

Als sie in die Gasse an der Traun einbog, fühlte sie sich bedrückt, ja bedroht. Die Stadt hatte für sie nichts Freundliches, die Häuser waren aneinandergedrängt, die Straßen eng, der Verkehr beängstigend.

Am Fluss spendeten die Platanen so dichten Schatten, dass sie den Motor beruhigt abstellen konnte und in die durch die rauschende Traun gekühlte Düsternis der Griesgasse treten konnte.

Ein Fahrverbotschild verwehrte die Einfahrt in den Park der Schule, zu der ein Kiesweg hochführte.

Das zweistöckige Gebäude war ab dem ersten Geschoss mit Holz verkleidet, die Fensterläden waren grün gestrichen, die Mauern im Erdgeschoss leuchteten in Kaisergelb. Dahinter stand eine zweite, ähnlich aussehende Villa, das Internatsgebäude.

Die grün gestrichene Haustür stand einen Spalt breit offen. Rosa Weichsler drückte den Klingelknopf und trat ein.

Eine braungebrannte Frau um die Vierzig, die Rosa auf den ersten Blick sympathisch war, kam ihr entgegen. Sie stellte sich als Katherina Schmied, Schulsekretärin, vor und bat Rosa, im Zimmer des Chefs, wie sie sich ausdrückte, Platz zu nehmen.

»Der Karli wird in einer halben Stunde vorbeischauen«, sagte sie. »Bis dahin können wir versuchen, die nötigen Kataloge und Klassenbücher aufzustöbern. Sie lagern in diesen Schränken.«

Die Direktionskanzlei war ein hoher, kühler, düsterer Raum, von drei aus Milchglas gefertigten Lampenkugeln nur spärlich erhellt. An zwei Wänden standen dunkle Holzkästen, rechts und links der Eingangstüre hingen drei Gemälde, die die früheren und den jetzigen Leiter der Schule abbildeten. Durch zwei geschlossene, mit grünen Vorhängen flankierte Fenster konnte man in den Park blicken.

Rosa Weichsler saß auf einem harten Holzstuhl an einem mit grünem Linoleum bedeckten Konferenztisch.

Der Raum in seiner dumpfen Unfreundlichkeit raubte der dynamischen Sekretärin einiges an Lebenskraft. Die vorhin so sportlich auftretende Frau wirkte mit einem Mal grau und kränklich. Rosa Weichsler war froh, als Katherina Schmied eines der Fenster öffnete und frische Luft in die dumpfe Atmosphäre des Chefzimmers strömte.

»Wie alt, sagten Sie, war der Mann, nach dessen Dokumenten wir suchen?«, erkundigte sich die Sekretärin.

»Siegfried Hagen, geboren am 14. März 1978.«

»Also Matura um 1997, 98.«

»1996, denke ich«, wandte Rosa Weichsler ein.

»Eher später. Unsere Schüler mussten meist an anderen Schulen die eine oder andere Klasse wiederholen.«

»Das heißt …«

»Ich kann offen mit Ihnen sprechen, bevor der Karli aufkreuzt. Ich meine den Chef. Das Josefinum stellt die letzte Hoffnung für viele dar, doch noch zu einem Abschluss an einem Gymnasium zu kommen. Wenn es sich die Eltern leisten können. Sie würden staunen, wenn Sie wüssten, welche jetzt Prominente hier zur Schule gegangen sind. Da sind alle vertreten, von Rennfahrern bis zu Malern und Schauspielern.«

»Hagen war Versicherungsmakler.«

»Aber da ist ja unser Chef.«

An der geöffneten Tür stand ein zarter Mann um die fünfzig, der Rosa Weichsler stumm zunickte, bevor er sie mit einem *Herzlich Willkommen* begrüßte und ihr die Hand drückte.

»Der Anlass Ihres Besuches, Frau äh …«

»Inspektor Rosa Weichsler.«

»Frau Inspektor. Der Grund Ihres Kommens ist zwar ernst, dennoch freut mich Ihr Interesse an unserem Institut.«

»Insbesondere an einem Ihrer Schüler. Siegfried Hagen. Haben Sie ihn noch unterrichtet?«

»Wie alt ist … war der Mann?«

»Vierunddreißig.«

»Das wäre sich zeitlich nicht ausgegangen. Als er das Josefinum besuchte, habe ich noch studiert.«

»Entschuldigen Sie. Wie gedankenlos von mir«, gab sich Rosa Weichsler zerknirscht.

»Sie können sehr gern Einsicht in die Akten nehmen, und wenn sich dann noch Fragen ergeben, stehe ich zu Ihrer Verfügung. Ich bin im Internatsgebäude zu erreichen. Du rufst mich an, Katherina. Wir haben einige Schüler auch über die Ferien bei uns, um die ich mich kümmern muss.«

»Alles klar, Chef«, sagte die Sekretärin, und der Direktor entschwand.

Katherina Schmied zog einige schmale Bücher aus einem der Schränke, blätterte darin und legte schließlich vier Bände auf den Tisch.

»Das sind die Schülerstammblätter der Oberstufenjahre Siegfried Hagens. Sie enthalten seine Geburtsdaten, pädagogische Anmerkungen zu seiner Person und die Semester- und Schulschlussbeurteilungen.«

»Kann man auf irgendeine Weise herausfinden, wer ihn damals unterrichtete?«

»Die Namen der Unterrichtsgegenstände und der Lehrer finden sich im vorderen Teil der Kataloge.«

»Danke, das hilft mir sehr. Ich werde alles durchlesen.«

Rosa Weichsler setzte ihre Lesebrille auf, bereit, wichtige Daten im Mörderbuch festzuhalten.

Die Zeugnisnoten Siegfried Hagens waren nicht berauschend, sie bewegten sich hauptsächlich im Bereich von Befriedigend und Genügend, auch in Bildnerischer Erziehung und Leibesübungen. Die Bestnote hatte er nur in Betragen erhalten.

Unter dem Punkt *Besondere Eintragungen* fand Rosa Weichsler einen Hinweis auf *Psellismus.*

Sie bat die Sekretärin um ein Fremdwörterbuch, das diese ihr prompt zur Verfügung stellte.

Psellismus bedeutete *Stottern.* Der junge Hagen, der in späteren Jahren nicht müde wurde, seine eigenen Vorzüge wortreich zu erklären, hatte also unter einer Sprachstörung gelitten. *Psellismus* aufgrund familiärer Probleme stand im Schülerkatalog. Diese wurden jedoch nicht näher erläutert.

Rosa Weichsler blätterte in einem der Bände, um die Namen der Lehrer herauszufinden, die den jungen Mann unterrichtet hatten. Insbesondere interessierten sie der Deutschlehrer und der Klassenvorstand.

Im Sekretariat las sie Katherina Schmied die Namen der Lehrer vor, um herauszufinden, ob sie noch lebten.

»Da müssen wir Karli fragen. Die meisten der Professoren sind mir nicht mehr bekannt, nur der Klassenvorstand. Gudenius kommt hin und wieder in die Schule auf einen Schwatz mit Karli und einen Cognac. Dr. Friedrich Gudenius. Latein- und Griechischlehrer. Professor und Oberstudienrat.«

»Ach ja, wir sind in Österreich«, bemerkte Rosa Weichsler.

»So ist es, Frau Inspektor.«

»Und Sie, sind Sie schon Frau Oberkontrollorin?«

»Das gibt es nicht für Sekretärinnen. Ich bin und bleibe Fräulein Schmied.«

»Außer Sie heiraten.«

»Ich rufe den Chef an.«

Direktor Riemann bat Rosa in das Internatsgebäude, in dem es schon nach Essen roch.

Rosa Weichsler, die leichten Hunger verspürte, nahm sich vor, nach dem Schulbesuch die Konditorei Zauner aufzusuchen und am Nachmittag zu wandern, bevor sie am Abend nach Steyr zurückkehrte.

Der Direktor wusste nichts über den Verbleib der meisten Lehrer. Einige waren schon gestorben, andere weggezogen. Nur Dr. Gudenius lebte nach wie vor in Ischl. Riemann nannte ihr dessen Adresse und verriet ihr die Geheimnummer des Mannes.

Als sie bei Pudel Herbert im Auto saß, tippte sie die Nummer in ihr Handy und vereinbarte einen Besuch für 14 Uhr, dann fuhr sie in Zauners Esplanadencafé, das einen Gastgarten mit kühlenden Kastanienbäumen und Sonnenschirmen hatte. Sie wollte dem Hund einen weiteren Aufenthalt im Auto ersparen.

Sie selbst genoss Marilleneis mit Schlagobers und Hohlhippen, für Herbert bestellte sie Frankfurter Würstchen, die Kellnerin versorgte ihn noch mit einem Wassernapf, dann genehmigte sich Rosa noch eine Melange und schließlich das unvermeidlichen Gin-Tonic.

Dabei beobachtete sie das Treiben in und um das Grand Café, wie es genannt wurde. Die geöffneten Terrassentüren erlaubten einen Blick auf die gläsernen Vitrinen, die die rot gelierten Himbeerschnitten, die glänzenden Ischler Törtchen, mit Puderzucker bestäubten Stollen, cremigen Kardinalsschnitten, die mit Schlagobers gefüllten Indianer und die Germgugelhupfe vor den gierigen Wespen abschirmten. Davor standen geduldig Frauen, Männer und Kinder und zeigten auf die ausgestellten Leckerbissen, bis eine der Servierdamen sie auf einen Teller verfrachtete und an den Tisch der Gäste bringen ließ.

Rosa entschied, für ihren Besuch am frühen Nachmittag ein Ischler Törtchen einpacken zu lassen, und ein zweites für Marie mitzunehmen. Obwohl sie selbst alles andere lieber probiert hätte als diese mit Glasur überzogenen Kekse, die mit Nüssen verziert waren.

Das staubte sicher bei den Ohren heraus und verklebte den Mund, dachte sie, dabei fiel ihr Siegfried Hagens Stottern ein, das sich in späteren Jahren völlig gelegt hatte. Vielleicht erinnerte sich sein Klassenlehrer an den familiären Hintergrund und an den Charakter des jungen Mannes.

Gudenius war Dauermieter in der Pension Sonnenhof, die in der Nähe des Bahnhofes in einem Park lag. Rosa Weichsler stellte den Wagen auf dem schattigen Parkplatz ab und rief ihre Schwester an, während sie auf die Villa zuschritt.

Marie teilte ihr mit, dass sie mit Frühauf den Vater Hagens im Pflegeheim Tabor besucht hatte.

»Ein schrecklicher Mensch in schrecklicher Umgebung«, sagte Marie. »Aber Genaueres erfährst du, wenn du zurück bist.«

Der Herr Professor, wie er von der Dame am Empfang genannt wurde, empfing Rosa im so genannten Wintergarten, dessen Türen zum Park geöffnet waren.

Rosa Weichsler überreichte dem tadellos gekleideten Mann, der grauen Anzug, hellblaue Krawatte und weißes Hemd trug, das kleine Paket mit den Süßigkeiten aus der Konditorei, ein junges Mädchen servierte ihnen Kaffee.

»Das ist Monika, der Engel, der jugendliche Frische in mein Leben bringt«, schwärmte der Weißhaarige.

»Sie vermissen Ihre Schüler sehr, Herr Doktor?«, begann Rosa das Gespräch.

»Die Erinnerung verflacht vieles zu Anekdoten«, erklärte Gudenius.

»Aber Sie können sich erinnern.«

»Besonders an die Anfänge, ja. Wenn Sie mich fragen, was ich vor einer Woche oder einem Jahr getan habe, muss ich leider passen. Die Anfänge jedoch sind noch immer präsent. *O vita, misero longa, felici brevis!*«

»Und Sie sind glücklich?«, fragte Rosa, die das lateinische Sprichwort vom Leben, das dem Unglücklichen lang, aber dem Glücklichen kurz wurde, vom Gymnasium her kannte.

»Was für ein Glück für mich«, strahlte der Alte. »Eine humanistisch gebildete junge Dame!«

»So jung leider nicht mehr«, bemerkte Rosa und hoffte, ihr Gegenüber würde ihre Lateinkenntnisse nicht eingehenderen Prüfungen unterziehen.

»Sie sagten am Telefon«, kam der Professor zum eigentlichen Grund ihres Besuches, »dass Sie sich für den Schüler Hagen Siegfried interessieren.«

»Beruflich. Ja, leider. Er ist tot.«

»*Leti mille repente viae.* Schnell führen tausende Wege in den Tod.«

Rosa Weichsler war erleichtert, dass der Mann den Spruch selbst übersetzte. Daran wäre sie gescheitert.

»Er wurde ermordet«, sagte sie ernst.

»Das ist furchtbar. Ich erinnere mich, dass er in unserer Schule regelrecht aufblühte. Gekommen war er als stotternder Bettnässer. Beides gab sich nach kurzer Zeit. Ich arbeitete damals auch im Internat, lernte mit den Schülern.«

»Das heißt, er hatte es nicht leicht in seiner Familie.«

»Der Bub äußerte sich nie dazu, auch nicht in Aufsätzen. Aber so muss es wohl gewesen sein. Ich erinnere mich an seine Eltern. Die Mutter eine zarte, gebückte Person, der Vater ein … ein Teufel. Kraftvoll, böse, aggressiv. Er schlug den Buben bei einem seiner Besuche mit der Faust ins Gesicht.

Ich musste energisch gegen ihn einschreiten. Der Mann war gewalttätig.«

»Mein Chef kümmert sich um ihn.«

»Er lebt noch? Hat er den Sohn getötet?«

»Ein interessanter Gedanke. Wir werden ihm nachgehen.«

»Die Schule, das Internat, bedeutete die große Chance im Leben des jungen Hagens. Er war nicht besonders begabt, aber beflissen.«

»Und als Mensch. Wie war er als Mensch? Erinnern Sie sich noch?«

»Schwierig. Anfangs zuckte er zusammen, sobald man sich ihm näherte, war immer auf der Hut und versuchte sich durch Pläne und Intrigen abzusichern.«

»Intrigen inwiefern?«

»Was ihm an Intelligenz fehlte, versuchte er durch Schlauheit zu ersetzen.«

»Er hetzte seine Mitschüler gegeneinander auf?«

»Weniger. Oft treffen ähnliche Charaktere aufeinander. In diesem Fall war es ein Lehrer, der Schüler als Spione gegen Mitschüler und andere Lehrer missbrauchte.«

»Ein Spitzel«, stellte Rosa Weichsler fest.

»Und damit ein Außenseiter«, bestätigte Gudenius.

»Sie sprachen von einer großen Chance, die Schule und Internat für den jungen Hagen bedeuteten«, erinnerte sich Rosa Weichsler.

»Eine Chance, die er nur zum Teil nutzen konnte, da er sich den falschen Menschen anschloss.«

»Und der Lehrer, der …«

»Er ist tot. Und darüber bin ich ehrlich froh«, zeigte Gudenius erstmals im Gespräch Emotionen, um rasch in den sicheren Hafen eines lateinischen Spruches zu steuern: *»Factum infectum fieri non potest.«*

»Sie sagen es«, stimmte ihm Rosa Weichsler zu, obwohl sie keine Ahnung hatte, was das Zitat bedeutete.

»Ich sehe, wir verstehen uns«, sagte der Professor und blickte versonnen in den Park, dann fuhr er fort: »Mein pädagogischer Grundsatz lautete: Stärke das Positive in den Schülern, fördere ihre Talente. Sie haben doch einen Garten?«

Rosa Weichsler bejahte das.

»Ein guter Gärtner setzt schöne Blumen und düngt und wässert sie und kümmert sich nicht um das Unkraut.«

Rosa Weichsler schwieg. Sie wollte dem alten Lehrer nicht widersprechen.

»Oder irre ich?«, fragte Dr. Gudenius.

»Das mit dem Düngen und dem Gießen stimmt schon. Aber ganz ohne Jäten geht es nicht«, antwortete Rosa.

»Kein Wunder, dass Sie als Polizistin so denken.«

»Ja, natürlich. Ich werde dann gehen müssen, Herr Professor. Ich habe meinen Hund im Auto.«

»Ein Hund. Wie gern hätte ich einen Hund. Aber dafür bin ich schon zu alt«, sagte der Alte. »Ich begleite Sie zum Parkplatz. Ich möchte ihn unbedingt sehen.«

Als Gudenius Herbert durch das Wagenfenster bewunderte, meinte er noch: »Wie der große Schopenhauer. Der hatte auch immer einen Pudel bei sich.«

»Können Sie mir einen Tipp geben, wo es einigermaßen kühl ist und wir beide wandern können?«, fragte Marie noch.

»Da wäre die Rettenbachwildnis ideal. Sie bietet Schutz gegen die Hitze und ist wunderschön. Schade, dass ich nicht mehr gut zu Fuß bin. Das würde auch mich reizen.«

Als sie die Holzstiege in die enge Klamm nahm, leinte sie Herbert sicherheitshalber an, damit er nicht abstürzen konnte. Sie fühlte sich plötzlich an ihre Lektüre von Conan Doyles

Sherlock-Holmes-Erzählung *Der letzte Fall* erinnert, an Holmes‘ Tod an den Reichenbach-Fällen in der Schweiz.

Die Tatsache, dass Herbert zu knurren und zu bellen begann, trug zu der unheimlichen Stimmung in der düsteren Schlucht bei. Rosa Weichsler drehte sich um und sah zwei dunkle Gestalten auf sie zueilen. Die beiden Wesen waren in schwarzes Leder gehüllt und trugen Motorradhelme auf den Köpfen.

Rosa Weichsler blieb stehen, um sie vorbeizulassen. Doch die Vermummten hielten ebenfalls an und sprühten ihr eine Flüssigkeit ins Gesicht, die stark nach Parfüm roch. Sie sank in die Knie und verlor das Bewusstsein.

Die beiden Gestalten wollten auch den wild bellenden Hund mit Diethylether betäuben, doch dieser wich zurück.

Durch den Lärm des Hundes angelockt, kam ein älteres Ehepaar die Stiegen herunter. Die zwei Gestalten liefen in die entgegengesetzte Richtung. Pudel Herbert blieb bei seiner ohnmächtigen Herrin. Das Ehepaar versuchte den Hund zu beruhigen und verständigte Rettung und Polizei.

10. Herz der Finsternis

»Der alte Hagen müsste im Gefängnis sitzen, liegt aber nach einem Schlaganfall im Altersheim Tabor. Seine Pflege ist zu aufwendig für Garsten«, erklärte Chefinspektor Frühauf seiner Begleiterin.

»Was hat er getan?«, fragte Marie Weichsler.

»Er hat gemordet. Zwei kleine Mädchen. Als seine Frau das herausfand und ihn anzeigen wollte, musste auch sie dran glauben.«

»Wann war das?

»Um die Jahrtausendwende.«

»Aber da muss er schon ziemlich alt gewesen sein.«

»Er ist jetzt 79. Und wer weiß, was man ihm noch alles zur Last legen muss. Er schwieg während des Prozesses. Vor drei Jahren erlitt er den Schlaganfall. Ein Gespräch mit ihm ergibt wenig Sinn.«

»Ich möchte ihn sehen, mir einen Eindruck verschaffen.«

»Wenn du ihn mir ersparen kannst, wäre ich sehr froh«, bat Herbert Frühauf.

»Du kannst dich ins Café setzen.«

»Das Altersheim hat kein Café. Ich bleibe im Auto.«

Marie Weichsler betrat das überalterte Heim ohne ihren Begleiter. Sie trug Uniform und meldete sich im Schwesternzimmer an.

Dort saß eine Kopie von Miss Piggy aus der Muppet Show, die sich Cremetorte und Kaffee einverleibte.

»Das Schwein liegt auf Zimmer zwölf«, sagte sie mit vollem Mund. »Das letzte Zimmer rechts.« Dann widmete sie sich wieder dem Essen.

Marie verwunderte der Appetit der Schwester. Sie könnte in diesem düsteren Gebäude, in dem es nach Fäkalien stank, keinen Bissen runterkriegen.

Als sie den engen Gang entlangschritt, entdeckte sie die Quelle des bitteren Geruchs: Zwei Wagen mit Behältern, in denen die schmutzige Bettwäsche aus den Zimmern lag.

Am Ende des Ganges klopfte sie an der Tür zu Zimmer 12. Als sie eintrat, hörte sie ein gleichförmiges Glucksen. Es ging von einem Gerät aus, an das der im Bett liegende Mann im Bauchbereich angeschlossen war.

Franz Hagen war wach, seine dunklen Augen waren auf Marie Weichsler gerichtet, die sich ihm als Inspektor der Steyrer Polizei vorstellte.

Hagen nickte leicht, um anzudeuten, dass er sie verstanden hatte.

»Es geht um ihren Sohn Siegfried. Er lebt nicht mehr.«

Ein böses Lächeln legte sich auf das gelbe Gesicht des Mannes, seine Hände, die er auf der Bettdecke liegen hatte, ballten sich zu Fäusten.

»Siegfried Hagen wurde vergiftet, und wir suchen den Täter.«

Wieder nickte der Mann. Seine Augen glänzten vor verhaltener Energie. Er fuhr mit seiner echsenartigen Zunge über die bläulichen Lippen, dann krächzte er etwas, das Marie Weichsler nicht verstand.

Sie näherte sich dem Mann und bat ihn zu wiederholen, was er gesagt hatte.

Als sie ihr rechtes Ohr zu seinem Gesicht neigte, traf sie übelriechende Spucke aus dem Mund Hagens. Erschrocken fuhr sie zurück und eilte in die Toilette des Zimmers, wo sie sich das Gesicht wusch.

Ihr war so übel, dass sie sich übergeben musste. Mit Tränen in den Augen lief sie aus dem Zimmer, den Gang entlang, ins Freie. Dort atmete sie tief durch. Sie war nicht in der Lage, in den Polizeiwagen zu steigen, in dem Frühauf auf sie wartete. Sie verspürte einen Hass gegen alle Männer dieser Welt und wollte allein sein, allein die Kastanienallee entlang gehen.

Aber der Chefinspektor war ihr nachgeeilt und fragte sie, was los sei. Sie wirke geschockt.

»Er hat mich angespuckt. Der alte Teufel hat mich angespuckt«, stöhnte Marie Weichsler und wischte über ihre rechte Wange. »Er ist der Mörder seines Sohnes. Ich traue ihm alles zu.«

»Er ist dazu nicht in der Lage. Der Mann ist gelähmt.«

»Er täuscht das vor, um nicht im Gefängnis sitzen zu müssen«, sagte Marie Weichsler.

»Wir erkundigen uns bei seinen Betreuern, in welchem Zustand er sich befindet«, entschied Herbert Frühauf.

»Auf gar keinen Fall«, protestierte Marie Weichsler. »Ich betrete dieses Gebäude in meinem ganzen Leben nicht mehr. Und bevor ich selbst hier eines Tages verende, bringe ich mich um.«

»So schlimm?«, erkundigte sich Frühauf mitfühlend.

»Noch viel ärger«, lautete Maries Antwort.

»Dann geh ich allein. Du wartest bitte auf mich.«

Marie Weichsler nickte stumm. Als Frühauf im Haus verschwunden war, marschierte sie zum Restaurant der nahe gelegenen Sporthalle, wo sie sich ein Gin-Tonic genehmigte. Erst nach dem zweiten Glas konnte sie wieder frei atmen.

Was für ein grauenvoller Tag, dachte sie und wusste nicht, was noch alles auf sie zukommen würde.

Frühauf saß bereits im Wagen, als sie zurückkam.

»Eine Täterschaft Hagens ist in diesem Fall auszuschließen. Er ist tatsächlich beidseitig gelähmt, hängt an einer PEG-Sonde, die Nahrung und Flüssigkeit in seinen Magen schaufelt und kann nicht mehr reden.«

»Er ist ein Teufel und täuscht uns alle.«

Dieses Mal schwieg Frühauf auf Maries Aussage.

»Ich weiß«, entschuldigte sich diese, »dass ich mich hysterisch verhalte. Aber was zu viel ist, ist zu viel.«

»Darf ich dich auf einen Kaffee in der Sporthalle einladen?«, schlug Frühauf vor.

»Auf jeden Fall«, erwiderte Marie Weichsler und trank dort ein weiteres Gin-Tonic.

»Es gibt in diesem Fall zwei Zentren des Bösen«, fasste Herbert Frühauf seine Gedanken in Worte. »Vater und Sohn Hagen, die nicht zu den Tätern zählen. Der Sohn ist das Mordopfer, der Vater gelähmt. Im zweiten Brennpunkt steht der noch unbekannte Täter«, überlegte Frühauf weiter, »der möglicherweise einen sehr triftigen Grund für seine Tat hatte.«

»Der weitermordet, um die Spur zu sich zu verwischen.«

»Du denkst an den toten Detektiv, Rosmarie?«

»Er wird nicht der Letzte sein, wenn es uns nicht gelingt, den Fall rasch zu klären.«

»Du bist sicher, dass Viola Gattinger als Mörderin nicht in Frage kommt?«, fragte Frühauf.

»Sie war in Haft, als der Detektiv getötet wurde.«

»Stimmt. Aber sie war am Tatort, als Hagen den vergifteten Wein trank. Sie hat eine Komplizin.«

»Du denkst an Hagens Frau.«

»Sie hätte allen Grund, ihren Mann zu hassen.«
»Sie hat ihn freiwillig geheiratet.«
»Trotzdem sollten wir noch einmal mit ihr reden.«
»Ein guter Vorschlag«, fand Marie Weichsler.

Den Nachmittag verbrachte Marie Weichsler im Garten. Sie saß im Schatten des Hauses und las einen Krimi. Der Mobilteil des Schnurlostelefons lag auf einem Tischchen neben ihr. Sie war sehr unruhig, weil sie Rosa nicht erreichte. Deren Handy war ausgeschaltet.

Als gegen 16 Uhr das Telefon läutete, wusste Marie, dass etwas passiert war. Der Anruf kam von einer Frau namens Irene Klapschitz von den Tierfreunden in Bad Ischl.

»Ihr Hund wurde von der Polizei zu mir gebracht«, meldete die Frau. »Wir konnten ihn anhand seines Mikrochips Ihnen zuordnen.«

»Er war mit meiner Schwester in Ischl unterwegs. Ich bin derzeit in Steyr und komme so schnell wie möglich zu Ihnen. Wo finde ich Sie?«

Die Frau nannte eine Privatadresse in der Hubkoglstraße.

»Ich werde erst am Abend bei Ihnen sein, ich muss erst ein Auto organisieren. Wissen Sie, was meiner Schwester zugestoßen ist?«

»Sie liegt im Landeskrankenhaus.«

»Wenn Sie mir noch die Adresse sagen …«

»Moment, da muss ich nachschauen … Doktor-Mayer-Straße 8–10.«

»Ich fahre zuerst zu meiner Schwester, dann zu Ihnen.«

»Wir sind bis Mitternacht auf.«

Marie Weichsler suchte in den Gelben Seiten des Telefonbuchs nach einer Autovermietung und wurde fündig.

Um nicht der Schwester allzu sehr zu gleichen, veränderte sie Make-Up und Frisur. Ein Taxi brachte sie zum Stützpunkt des Verleihs in der Haratzmüllerstraße.

Nach einer Dreiviertelstunde fuhr sie, nachdem sie vollgetankt hatte, in einem dunkelblauen Peugeot 207 Richtung Autobahn.

Kaum war sie losgefahren, als sich Rosa telefonisch meldete.

»Ich bin auf dem Weg nach Ischl«, sagte Marie. »Wie geht es dir?«

»Wieder recht gut. Aber was ist mit Herbert? Ich mache mir Sorgen um ihn. Er wollte mich verteidigen …«

»Er ist bei den Ischler Tierfreunden. Ich hole ihn, nachdem …«

»Du musst dich um ihn zuerst kümmern. Mir geht es recht gut. Sie haben mir eine Art Narkose verpasst. Ein Parfüm, mit irgendetwas vermischt.«

»Chanel N°666«, sagte Marie, und Rosa lacht laut auf. »Wir müssen uns darüber intensiv unterhalten. Ich bin in zwei Stunden bei dir.«

Marie Weichsler parkte den Wagen vor dem Ischler Krankenhaus, das aus einem alten, schlossähnlichen Gebäude und modernen Zubauten bestand.

Bei der Frau in der Portiersloge erkundigte sie sich nach Rosa Weichsler. Diese war auf Interne 2 im zweiten Stock eines der Neubauten untergebracht.

Rosa saß an einem Esstisch und löffelte Suppe aus weißem Porzellangeschirr.

»Danke, dass du gekommen bist«, begrüßte sie ihre Schwester. »Wie geht es Herbert?«

»Ich denke, er ist in besten Händen«, wehrte Marie ab. »Du musst mir erzählen, was passiert ist.«

»Ich wurde betäubt, vermutlich mit Äther aus einer Parfümflasche. Zwei Gestalten in Bikermontur mit Helmen waren uns nachgeeilt, Herbert knurrte und bellte, dann verlor ich das Bewusstsein. Als ich hier aufwachte, war mir furchtbar übel. Aber jetzt geht es wieder. Ich habe schon Appetit.«

»Das heißt, die Leute, die dich überfielen, wollten dich nicht töten«, bemerkte Marie.

»Du hast Recht. Sie hätten es sonst getan. Wir waren ganz allein in der Wildnis.«

»Wo?«

»In der Rettenbachwildnis. Das ist eine Schlucht hier in der Umgebung.«

»Sie wollten dich entweder als Geisel nehmen oder verschwinden lassen.«

»Du meinst, sie hatten vor, mich an einem anderen Ort zu töten und …«

»Möglich. Es stellt sich die Frage, warum du ihnen so gefährlich erscheinst.«

»Ich habe Glück gehabt. Als der Polizist eintraf, trug ich dieses Nachthemd und nicht mehr die Polizeiuniform.«

»Was hat er gesagt?«, erkundigte sich Marie.

»Herbert hatte durch sein Bellen ein Ehepaar in die Schlucht gelockt, und die haben Polizei und Rettung verständigt. Ich werde mich bei ihnen bedanken.«

»Das kannst du morgen machen. Ich fahre noch heute mit Herbert nach Hause …«

»Ich bleibe keine Sekunde länger hier. Mir geht es blendend.«

»Du bleibst, bis sie dich entlassen«, gab sich Marie streng. »Ich kann dich im Mietwagen nicht mitnehmen. Du musst in der Lage sein, unser Auto sicher nach Steyr zu bringen.«

»Das ist kein Problem.«

»Doch, ist es. Ich werde mich darum kümmern, dass das Auto vor dem Krankenhaus steht. Wo hast du es abgestellt?«

»Das kläre ich selbst, sobald sie mich entlassen«, gab sich Rosa folgsam. »Kümmere du dich um Herbert.«

»Wird gemacht. Und noch etwas: Ich bin sehr froh, dass es dir gut geht. Und entschuldige, dass ich dir keine Blumen gebracht habe. Ich habe, ehrlich gesagt, nicht daran gedacht.«

»Und über den Fall …«

»… reden wir in aller Ruhe zu Hause.«

»Gut.«

Herbert begrüßte zwar Marie freudig, ansonsten wirkte der Pudel jedoch traurig, beinahe depressiv. Er schien sich Sorgen um Rosa zu machen.

Marie überlegte kurz, ob sie ihn ins Krankenhaus zu ihrer Schwester bringen sollte, zur gegenseitigen Begrüßung, entschied sich jedoch dagegen. Die Krankenschwestern würden das nicht besonders schätzen.

Einige Minuten nach elf kamen sie in Steyr an, Herbert lief suchend durch das Haus, dann ließ er sich enttäuscht auf den Boden fallen.

Marie Weichsler nahm eine Schlaftablette, weil sie wusste, dass sie sonst nach den Aufregungen des Tages nicht schlafen würde.

Sie schaltete den Fernseher ein und ließ sich von einem der unzähligen Forensikerkrimis berieseln, da schnellte Herbert vom Boden hoch und lief quietschend wie ein Welpe zur Haustür.

Dann hörte sie schon den Schlüssel im Schloss und wusste, was das bedeutete. Rosa hatte das Krankenhaus verlassen und war heimgekehrt. Und Marie war eigentlich froh darüber.

Großpudel Herbert war außer sich ob der Rückkehr seiner Herrin, die nun wieder die Uniform trug.

Marie umarmte ihre Schwester und sagte zu ihr: »Wir müssen vorsichtiger sein. Mit unseren Gegnern ist nicht zu spaßen.«

»Ich hatte einen tapferen Retter. Unseren Herbert. Komm, Herbert, du bekommst eine Belohnung.«

Rosa Weichsler ging zum Kühlschrank, entnahm ihm eine Knackwurst, schälte und schnitt sie, dann ließ sie warmes Wasser darüber rinnen, um sie zu wärmen.

Pudel Herbert hatte schon Speichelfluss in Erwartung der Köstlichkeit, dann war es so weit. Er bekam den Leckerbissen und wich den Rest des Abends nicht mehr von Rosas Seite.

Zum Begräbnis Siegfried Hagens fuhr Marie Weichsler. Rosa sollte sich noch schonen. Außerdem wäre es Pudel Herbert gegenüber unfair gewesen, außer Haus zu gehen. Er lag zu Füßen seiner Herrin und fixierte sie unablässig mit seinen braunen Augen.

»Jetzt werd ich aber bald eifersüchtig«, meinte Marie, als sie, dunkel gekleidet, das Haus verließ.

Vor dem Krematorium auf dem Tabor wartete bereits eine Gruppe von Leuten das Ende einer Verabschiedung in der Feuerhalle ab. Marie Weichsler erkannte die Frau des Ermordeten und ihre Freundin Viola Gattinger, sowie weitere Mitglieder des Sommertheaters, darunter auch Lou Marold und Roger Foltin. Die Kinder Siegfried Hagens befanden sich nicht unter den Trauergästen.

Der Himmel über Steyr war an diesem Vormittag bewölkt, von Westen her war Donnergrollen zu vernehmen, ein leichter Wind frischte die heiße Luft auf.

Die Tür zur Halle öffnete sich, und eine Gruppe von ernst blickenden Menschen kam heraus.

Es dauerte weitere fünf Minuten, bis sie in den hohen Raum gehen konnten, in dem die Luft von der Hitze der vergangenen Tage noch unangenehm stickig war. Ein Bediensteter des Bestattungsunternehmens reichte jedem der Eintretenden ein Erinnerungsbild des Verstorbenen, das mit seinen Lebensdaten und dem Spruch *Die ganze Welt ist eine Bühne, und alle Fraun und Männer bloße Spieler. Sie treten auf und gehen wieder ab, sein Leben lang spielt jeder manche Rollen* versehen war.

Anita Hagen und ihre Freundin setzten sich in die erste Reihe, daneben nahmen Lou Marold, Roger Foltin, Nella Steiner-Optresal und Hans Ursprunger Platz. Links außen saß die frühere Souffleuse und derzeitige Darstellerin des Teufels Herta Sonnleitner. Rechts von der Ehefrau ließen sich drei Männer nieder, die Marie Weichsler von den Filmaufnahmen der Schlaraffen her kannte.

Jemand berührte Maries linken Arm. Herbert Frühauf war an ihre Seite getreten.

»Wie geht es dir, Rosmarie?«, erkundigte er sich.

»Blendend, vom traurigen Anlass abgesehen«, erwiderte sie.

»Du warst gestern in Bad Ischl?«, flüsterte er.

»Ich? Nein. Wieso?«

»Ich habe einen Bericht gelesen, demzufolge eine Rosa Weichsler überfallen wurde. Sie war mit einem Hund unterwegs.«

»Du kennst meinen Vornamen. Das war jemand anderer.«

»Der Hund war ein Pudel.«

»Nein, so etwas! Zwei Weichsler, zwei Pudel«, gab sich Marie erheitert und wusste, dass sie den Chefinspektor ablenken musste. »Hast du am Nachmittag Zeit, ich würde gern mit dir noch einmal Hagens Frau aufsuchen. Holst du mich ab?«

»Gegen 15 Uhr.«

»Das ist perfekt.«

Orgelklänge leiteten die Abschiedsfeier ein, bei der kein Wort gesprochen wurde. Niemand verlas die Lebensdaten des Verstorbenen, kein Pfarrer sprach Gebete, keiner der Schlaraffen erinnerte sich Siegfried Hagens. Nur die Orgel spielte O Traurigkeit, o Herzeleid von Johannes Brahms.

Heftiges Donnern war zu vernehmen, als das Tor zur Feuerhalle erneut geöffnet wurde, das Licht auf dem Podium, auf dem der Sarg stand, flackerte.

Ein Mann im Rollstuhl wurde in den Raum geschoben. Aller Augen richteten sich auf den gebrechlichen Alten, dessen schwarze Augen bedrohlich glitzerten. Kalter Wind blies in die Halle, Marie Weichsler fröstelte.

Wenn Franz Hagen zum Begräbnis kommen konnte, überlegte sie, konnte er auch anderswo unterwegs gewesen sein. Vielleicht hatte er einen Helfer oder eine Helferin.

Jetzt erst fiel Marie auf, dass die Witwe nicht schwarz gekleidet war, sondern einen taubengrauen Hosenanzug trug. Niemand weinte, niemand räusperte oder schnäuzte sich. Es gab keinen Menschen im Raum, der trauerte.

Mit einer Ausnahme: Die Schauspielerin Herta Sonnleitner kniete während der gesamten Zeremonie, als ob sie für etwas büßen wollte.

Der Mörder, dachte Marie Weichsler, befindet sich in diesem Raum. Sie ließ ihren Blick schweifen und achtete auf ihr Gefühl. Vom Verstand her hatte sie noch keine Ahnung, wer der Täter oder die Täterin war. So wichtig es wäre, klarer zu sehen, denn auch sie und ihre Schwester befanden sich in Gefahr. Der Mörder würde es noch einmal versuchen, sie zum Schweigen zu bringen.

Aber was sollten sie verschweigen? Offenbar wussten ihre Schwester und sie bereits etwas, das klar auf den Täter hinwies, ansonsten hätte es den Anschlag auf Rosa in Ischl nicht gegeben.

Marie Weichsler blickte nach hinten, wo weitere Schlaraffen standen.

Die Orgelklänge verebbten, die zwei Flügel des eisenbeschlagenen Tors, hinter dem der Sarg stand, schlossen sich.

11. Die Todeskarte

»Wo ist dein Hund?«, fragte Herbert Frühauf, als er mit Marie in der Küche ihres Hauses saß und ein Hirter trank.

»Er liegt oben, in den Mansarden. Wahrscheinlich hat ihn das Gewitter durcheinander gebracht.«

In Wahrheit befand sich der Großpudel in Rosa Weichslers Zimmer, an ihrer Seite.

»Was für ein Sensibelchen. Als Polizeibeamtin honoris causa solltest du dir einen angemessenen Begleiter zulegen.«

»Herbert ist in Ordnung, so wie er ist. Sensibilität muss kein Zeichen von Schwäche sein. Bei Herbert weist sie auf Intelligenz hin.« Bei diesen Worten blickte sie Frühauf herausfordernd an.

»Du deutest damit an, dass es mir an dieser Eigenschaft fehlt.«

»Du bist kein Hund.«

»Auch wieder wahr. Prost.«

Frühauf trank nur ein halbes Glas Bier, er musste noch den Wagen lenken, und Alkoholisierung im Dienst war doch ein zu großes Risiko. Auch für ihn.

»Frau Hagen erwartet uns um vier. Ich habe sie gebeten, auch ihre Freundin und Mitarbeiterin einzuladen. Die zwei Frauen sind sehr eng, die Apothekenhelferin verbringt die Nächte bei ihrer Chefin. Sie ist ihr treu ergeben wie eine Hündin der anderen.«

»Ein geschmackloser Vergleich, Herbert. Du hast wohl nicht viel Verständnis für gleichgeschlechtlich Lebende.«

»Wenn ich das schon höre, diese politisch korrekten sprachlichen Blähungen. Lesbisch heißt das. Wer von beiden, glaubst du, hat die männliche Rolle übernommen?«

»Ist das von irgendeiner Bedeutung für die Aufklärung der Morde? Nein, ist es nicht. Ich schlage dir etwas vor: Frauen tun sich mit Frauen leichter. Du bringst mich zu Anita Hagen und lässt mich die Arbeit machen. Lies irgendetwas im Auto, und ich berichte dir, was ich erfahren habe.«

»Wie du meinst«, sagte der Chefinspektor.

Marie Weichsler sah und spürte, wie sehr der Mann erleichtert war.

»Aber sei vorsichtig, dass sie dich nicht vernaschen«, fügte er noch hinzu.

»So süß bin ich nicht.«

»Ich finde schon.«

Anita Hagen wirkte entspannt, beinahe unbeschwert. Sie trug eine bunte, kurzärmelige Bluse und Shorts. Viola Gattinger kam im Bikini aus dem Schwimmbecken im Garten.

»Sie haben doch unser Geheimnis nicht verraten?«, erkundigte sich die Apothekerin bei Marie Weichsler.

»Wenn Sie die Medikation Ihres Mannes meinen, so kann ich das verneinen. Und das wird auch so bleiben, so lange Sie nicht als Täterin oder Täterinnen vor Gericht müssen.«

»Also für immer«, sagte Anita Hagen.

»Das werden wir sehen«, gab sich Marie Weichsler streng und erkundigte sich, wo die beiden Frauen den Tag zuvor verbracht hatten.

»In der Apotheke.«

»Beide? Den ganzen Tag?«

»Abgesehen von der Mittagspause, in der wir in der Orangerie aßen. Falls wir ein Alibi benötigen, so kann es uns das Personal liefern …«

»Und die teuflische Kleine«, schaltete sich Viola Gattinger in das Gespräch ein.

»Ach ja. Die Souffleuse«, erinnerte sich Frau Hagen, »die jetzt den Teufel im Jedermann spielt, aß mit uns. Sie scheint den Tod meines Mannes wirklich zu betrauern.«

»Wir werden das überprüfen«, sagte Marie Weichsler.

»Ist etwas passiert, gestern?«, fragte Viola Gattinger.

»Ich frage nicht ohne Grund«, stellte Marie Weichsler fest. »Mehr will und kann ich dazu gegenwärtig nicht sagen.« Dann fuhr sie fort: »Der Vater Ihres Mannes erschien zum Begräbnis. Uns interessiert, welches Verhältnis Sie zu ihm hatten und haben, was für ein Mann er in Ihren Augen ist.«

»Er ist ein Mörder«, meldete sich erneut Viola Gattinger zu Wort. »Er saß nicht umsonst im Gefängnis.«

»Aus dem er aufgrund seiner schweren Erkrankung entlassen wurde.«

»Das stimmt so nicht«, korrigierte Anita Hagen. »Er konnte die letzten Jahre immer wieder Tage außerhalb des Gefängnisses verbringen und wäre nach zwei Dritteln seiner Zeit im Gefängnis freigekommen.«

»Er hatte Kontakt zu Ihnen?«

»Gezwungener Maßen. Mein Mann quartierte ihn bei uns ein, wenn er so genannten Gefängnisurlaub hatte.«

»Er ist ein Teufel, ein hundsgemeines Schwein«, sagte Viola Gattinger und ballte dabei die Fäuste. »Er hat sich an den Kindern vergriffen.«

»Hör auf!«, bat Anita Hagen ihre Freundin. »Ich möchte nicht daran erinnert werden.«

»Mit *vergriffen* meinen Sie körperliche Misshandlung?«

»Das auch«, ließ sich die Apothekenhelferin nicht beirren.

»Also auch sexueller Missbrauch«, stellte Marie Weichsler fest. Viola Gattinger nickte stumm. Ihre Freundin hatte die schmalen Lippen fest aufeinander gepresst und schien vor Anspannung kaum zu atmen.

»Und dann ersetzten Sie das Blutverdünnungsmittel, das er gegen drohende Schlaganfälle einnehmen musste, mit einem unwirksamen Präparat«, stellte Marie Weichsler fest.

Beide Frauen schwiegen.

»Wie auch immer«, fuhr Marie fort, »auch das ist etwas, das ich nicht weiter verfolgen werde, wenn Sie nicht als Mörderinnen Siegfried Hagens in Frage kommen.«

»Wollen Sie etwas trinken? Kaffee, Tee, Mineralwasser? Sie müssen entschuldigen, dass wir Ihnen noch nichts angeboten haben«, erinnerte sich Anita Hagen ihrer Pflichten als Gastgeberin.

»Eigentlich nicht. Danke. Mir erscheint das doch im Hause einer Apothekerin etwas riskant.«

Marie Weichsler entging das leichte Lächeln auf dem Gesicht der Apothekenhelferin nicht, und sie fragte, die beiden, wo sich die Kinder aufhielten.

»Bei meinen Eltern«, antwortete Frau Hagen. »Sie brauchen jetzt Ruhe und Sicherheit. Ich möchte das Haus hier so schnell wie möglich verkaufen, ohne finanziellen Verlust zu erleiden. Mir ist alles daran verhasst.«

»Außer dem Schwimmbecken«, bemerkte die Apothekenhelferin.

»Es gibt auch öffentliche Bäder und Badeseen. Ich sehe keinen Grund, dass wir uns weiter in dieser lächerlichen Kopie einer Burg verkriechen sollen. Die Kinder sollen unter Menschen kommen, und wir auch.«

Im Frühaufs Dienstwagen berichtete Marie Weichsler vom Gespräch mit den beiden Frauen, ohne ihren Verdacht zu erwähnen, dass sie den Schlaganfall des alten Hagens verursacht hatten.

»Dein Mitarbeiter, der Viola Gattinger überwacht, kann doch sicher sagen, wo sie sich gestern aufgehalten hat.«

»Sie war den ganzen Tagen in der Apotheke.«

»Und ihre Chefin?«

»Ebenso. Die beiden waren den ganzen Tag in Steyr«, stellte der Chefinspektor fest. »Nicht in Ischl.«

Marie Weichsler blickte überrascht auf ihren Freund, der ungerührt neben ihr saß. Herbert war möglicherweise doch nicht so einfältig, wie ihre Schwester und sie glaubten. Hatte er sie durchschaut, wusste er von ihrem Geheimnis?

Doch schon der nächste Satz, den der Polizist von sich gab, beruhigte sie. Er fragte wie ein großer Junge seine Mama, was sie als nächstes tun sollten.

»Die beiden Apothekerinnen haben mir erzählt, dass sie gestern in der Orangerie zu Mittag aßen«, begann Marie Weichsler.

»Dann weißt du das ohnehin«, unterbrach sie Frühauf.

»Ich wollte eine Bestätigung.«

»Warum?«

Marie Weichsler überging Herberts Frage und stellte fest: »Und die beiden speisten in Gesellschaft von Herta Sonnleitner, einer Schauspielerin der Sommerspiele.«

»Na und?«

»Du hast mich gefragt, welche Ermittlungsschritte ich vorschlage. Hier die Antwort: Wir schauen uns die Frau näher an. Sie war Souffleuse, spielt jetzt den Teufel und hatte möglicher Weise vom Souffleurkasten einen guten Überblick über das Geschehen auf der Bühne. Vor, während und nach der Vorstellung.«

»Jawohl, Chef. Wird gemacht«, sagte Frühauf und salutierte.

»Vergiss nicht, du hast mich gefragt.«

»Ich weiß, Rosmarie, ich weiß. Und dir ist auch bekannt, wo die Frau wohnt?«

»Dafür gibt es Telefonbücher. Und wenn das nichts bringt, kenne ich einen Chefinspektor der Steyrer Polizei, der das rasch herausfinden wird.«

»Telefonbuch führe ich keines mit mir herum. Und meine Sekretärin geht um halb vier nach Hause. Wir müssen wohl bis morgen …«

»Nein, müssen wir nicht. Du hältst an der Hauptpost. Wäre doch gelacht, wenn wir das nicht klären könnten.«

»Du bist wie meine Mutter.«

»Untersteh dich, Herbert! Ich möchte nicht mit ihr verglichen werden.«

Die Wohnung, oder eigentlich das Zimmer der Souffleuse, in einem desolaten Haus direkt neben Straße und Eisenbahn gelegen, war über eine ausgetretene Stiege zu erreichen.

Da Frühauf keine Klingel fand, klopfte er.

Von drinnen hörte man einen Fernseher in Überlautstärke.

»Einen Augenblick, bitte«, rief eine weibliche Stimme, dann wurde das Gerät leiser geschaltet.

»Ach Sie sind es, Frau Weichsler. Aber wieso tragen Sie eine Polizeiuniform?«, fragte Herta Sonnleitner an der halb geöffneten Tür.

»Sie meinen sicher meine Schwester Rosmarie aus der Trafik.«

»Ach, die sieht Ihnen aber sehr ähnlich.«

»Dürfen wir eintreten? Wir haben ein paar Fragen.«

»Meine Wohnung ist nicht sehr präsentabel. Ich bin auf der Suche nach etwas Besserem«, entschuldigte sich die Frau und bat Marie Weichsler und den Chefinspektor in das düstere Zimmer, das nur durch einen nagelneuen Flachbildfernseher erhellt wurde, der viel zu groß für den beengten Raum war.

»Eine Notunterkunft«, erklärte die Frau, »die ich während meiner Erkrankung beziehen musste. Aber jetzt geht es bergauf.«

»Woran litten Sie, gnädige Frau?«, fragte Frühauf.

»Litten?«, fragte die Frau misstrauisch.

»Er meint, woran sie erkrankt waren«, schaltete sich Marie Weichsler in den Gesprächsverlauf ein.

»Litten«, wiederholte die zwergwüchsige Frau und schüttelte ungläubig den Kopf.

»Mein Chef war kurz am Gymnasium. Das hat ihn fürs Leben gezeichnet«, spottete Marie.

»Sehen Sie, und mich hat die Tuberkulose ruiniert. Spondylitis tuberculosa, TBC der Wirbelsäule. Jetzt ausgeheilt, aber die Ursache meines Buckels.«

»Und der geringen Größe«, fügte Frühauf hinzu.

Marie Weichsler sprach rasch weiter, in der Hoffnung, die taktlose Bemerkung vergessen zu machen: »Wir kommen zu Ihnen, nicht weil wir Sie für verdächtig halten, sondern um Ihre Sicht der Dinge zu erkunden. Sie sind eine gescheite Frau, die sich nicht nur damit beschäftigt, was an der Oberfläche zu erkennen ist, sondern die sich auch in der Kunst des Kartenlegens auskennt. Ich weiß das von meiner Schwester Rosmarie. Mein Chef ist zwar dagegen, mich würde es jedoch interessieren, was die Karten zur Person des Mörders von Siegfried Hagen und Gregor Lausecker sagen. Sie wissen schon, der Detektiv, den der Intendant beschäftigte.«

»Siegfried war ein bemerkenswerter Mensch. Ich bewunderte ihn, weil er sich wie ich aus tiefster Düsternis nach oben gearbeitet hat. Er hatte keine leichte Jugend.«

»Er hatte viele Feinde«, sagte der Chefinspektor.

»Das trifft auf alle zu, die sich einen Platz in der Welt erkämpfen müssen.«

»Wäre es möglich«, kam Marie Weichsler zu ihrem Thema zurück, »die Karten zu befragen, um uns in den Ermittlungen voranzubringen. Mein Chef kann ja inzwischen draußen spazieren gehen.«

»Ich bleibe natürlich. Ein solches Schauspiel lasse ich mir nicht entgehen. Ich will die gnädige Frau in keiner Weise stören.«

»Gnädige Frau«, wiederholte Herta Sonnleitner mit Verachtung in der Stimme. »Die gnädige Frau wird die gnädigen Tarotkarten sprechen lassen.«

Die Bucklige räumte den runden Holztisch ab und wischte mit einem feuchten Tuch über die Platte. Erst als sie diese mit einem Geschirrtuch getrocknet hatte, legte sie ein Paket mit abgegriffenen Karten auf den Tisch.

»Ich verwende das Marseille-Tarot«, erklärte die Frau, während sie die Karten mischte, dann legte sie diese in Fächerform auf die Tischplatte. Sie schloss die Augen und ließ die linke Hand in einer Entfernung von mehreren Zentimetern über den Halbkreis gleiten.

Ihre Hand senkte sich schließlich über einer Karte, sie zog sie aus dem Halbkreis heraus, drehte sie um und ließ sie fallen, als ob sie sich verbrannt hätte.

Marie Weichsler sah, dass die Karte die römische Ziffer 13 trug. Sie zeigte das Skelett eines Menschen, das mit einer Sense, die es mit beiden Händen festhielt, bunte Blumen von einer schwarzen Wiese säbelte. Es handelte sich eindeutig um den Tod, der in seiner gebückten Haltung eine frappante Ähnlichkeit mit der Kartenlegerin hatte. La Morte stand am unteren Rand der Karte. Der Tod war also weiblich.

»Das war ein Fehlgriff. Ich werde es nochmals versuchen«, erklärte die Frau hastig.

Dieses Mal zog sie eine Karte, die sich *La Justice* nannte. Sie stand, vermutete Marie Weichsler, für den Begriff *Gerechtigkeit.*

»Diese Karte bedeutet, dass es bald zur Klärung der Verbrechen kommen wird. Die Gerechtigkeit steht sozusagen vor der Tür.«

In diesem Moment klopfte es an der Wohnungstür der Schauspielerin. Der Besucher war Matthias Reinprecht, der Regisseur der Jedermann-Aufführung. Als er Frühauf und Marie Weichsler am Küchentisch sitzen saß, meinte er, er wolle nicht stören und wandte sich zum Gehen.

Marie Weichsler wollte die Gelegenheit nicht missen, auch den hageren, nervösen Mann zu befragen und bat ihn zu bleiben.

»Wir sind schon im Gehen, Herr Reinprecht.«

»Lass dich nicht von uns vertreiben«, schloss sich der Chefinspektor an.

Offenbar war auch Reinprecht ein Schlaraffe.

»Ich wollte eigentlich mit Herta einige Details ihrer Rolle besprechen und sie zu einer weiteren Probe am Nachmittag einladen.«

»Im Schlossgraben?« fragte Herta Sonnleitner.

»Nein, im Turnsaal der Promenadenschule. Es muss ja nicht jeder hören und sehen, was wir erarbeiten.«

»Ich bin dir zu wenig dämonisch als Teufel?«, fragte die ehemalige Souffleuse. »Aber da wirst du dich noch wundern.«

»Wenn du das Thema in Anwesenheit des Besuchs unbedingt besprechen willst: Du bist keine Viola Gattinger.«

»Dann nimm sie doch wieder. Sie sitzt ja nicht mehr.«

»Der Wechsel ist endgültig. Und sie will nicht mehr spielen.«

»Ah, jetzt kommt es heraus, du hast sie gefragt.«

»Du musst die Rolle deiner Persönlichkeit anpassen. Du bist keine dämonische Erscheinung, eher …«

»Hexenhaft?«, fragte Herta Sonnleitner lauernd.

»Du musst das Komisch-Unheimliche herausarbeiten.«

»Ich bin also eine komische Figur?«

»Leg mir nichts in den Mund, was ich nicht sagen will«, stöhnte der Regisseur und versuchte das Thema zu wechseln: »Du hast einen neuen Fernseher. Man sieht, du legst deine Gage gut an.«

»Die würde dafür nie und nimmer ausreichen«, konterte die kleine Schauspielerin. »Die mageren Jahre im Hause Sonnleitner sind vorbei. Es geht finanziell bergauf.«

»So, wir müssen weiter«, sagte Frühauf mit fester Stimme und erhob sich. Das Streitgespräch der beiden schien ihn zu nerven.

Etwas widerwillig folgte ihm Marie Weichsler.

Als die beiden in Frühaufs Dienstwagen saßen, fasste Marie ihren Unmut in Worte: »Jetzt wäre es erst interessant geworden. Die beiden begannen, ihr wahres Wesen zu offenbaren.«

»Aha. Und worin bestand diese Offenbarung außer in Streit und Zank?«

»Der Regisseur ist ein Mann ohne jede Autorität. Und die Frau ist als Schauspielerin völlig ungeeignet. Sie hat kein Format.«

»Harte Worte über eine Person desselben Geschlechtes.«

»Papperlapapp. Interessant war auch Reinhardts Hinweis auf den teuren Fernseher.«

»Reinprecht. Reinhardt war auch ein Theatermann, aber ungleich berühmter«, korrigierte sie Frühauf.

»Natürlich, wie dumm von mir. Trotzdem: Das TV-Gerät war das einzig wertvolle Stück in der heruntergekommenen Absteige.«

»Na und?«

»Sie erhofft sich finanziellen Wohlstand. Ich fürchte, die Frau spielt mit ihrem Leben. Sie erpresst den Täter. Und vom Kartenlegen versteht dieser Gnom …«

»Du gehst zu weit, Rosmarie! Was hat dir diese arme, kranke Frau angetan?«

»Sie passt in ihrer charakterlichen Zwergenhaftigkeit ideal zu dem Ermordeten. Kein Wunder, dass sie ihm nachweint. Was ich sagen wollte: Die Sonnleitner versteht nichts, aber schon gar nichts vom Kartenlesen. Was sie da aufgeführt hat, war Dilettantismus in Reinkultur.«

»Aber die Todeskarte hat sie tatsächlich erschreckt.«

12. Mord Nummer drei

Sanny fand, dass es ein Fehler gewesen war, die Souffleuse zu verschonen, sie mit Geld zum Schweigen zu bringen. Der kleine Mistkäfer war unverschämt geworden, wollte immer mehr. Dem musste Einhalt geboten werden. Es wäre an der Zeit gewesen, das Sterben in Steyr zu beenden, aber so lief die Sache nicht. Man musste dem Freak seinen verunstalteten Rücken brechen, ihn zertreten, bevor er weiteres Unheil anrichten konnte.

Die Kleine hatte beobachtet, wie das Gift in den Becher des Intendanten gelangt war und wollte daraus Kapital schlagen.

Okay, sie sollte bekommen, was sie wollte. Die Zeit der Schonung war vorüber. Nur keine halben Sachen.

»Vater war hier«, berichtete Rosa Weichsler, als ihre Schwester mit ihr zu Mittag aß. Es gab gebackenen Leberkäse, von dem auch der Großpudel eine Kostprobe abbekam und Kartoffelsalat.

»Was spricht er?«

»So fragte auch unsere Mutter, wenn sie besonders nobel sein wollte.«

»Also, was spricht er?«

»Er will bei Mutter Frühauf einen weiteren Anlauf nehmen, sobald sein Körper das erlaubt. Angeblich funktioniert alles wieder.«

»Hör auf! Das ist ja direkt peinlich.«

»Unsere Mutter würde sich im Grab umdrehen.«

»Meinst du nicht, auch sie hätte sich einen Freund gesucht, wenn Vater vor ihr gestorben wäre?«

»Unbedingt. Aber bei ihr hätte das mehr Stil gehabt.«
»Männer sind den Tieren näher als Frauen.«
»Frauen beherrschen die Kunst der Sublimation besser als die Männer«, meinte Rosa Weichsler.
»Sublimierung. Sublimation ist etwas anderes.«
»Mein Gott, bist du gebildet! Was du nicht alles weißt!«
»Du wirst staunen, was ich noch alles berichten kann. Soll ich sprechen?«
»Sprich, Schwester!«
»Herta Sonnleitner wohnt in einer heruntergekommen Wohnung, in ärmlichsten Verhältnissen, besitzt jedoch einen sündteuren, neuen Fernseher und hofft auf weiteren finanziellen Aufstieg. Ich vermute, sie erpresst jemanden.«
»Wenn das stimmt, spielt die Frau mit ihrem Leben.«
»Sie hat Entscheidendes beobachtet.«
»Aus der Souffleurloge.«
»Oder sie ist die Täterin.«
»Sie kommt jedenfalls nicht für den Anschlag in Ischl in Betracht. Sie aß mit Anita Hagen und deren Freundin zu Mittag in Steyr.«
»Ja, sie hat ein Alibi. Aber das bedeutet nicht, dass sie nichts mit dem Attentat auf mich zu tun hat. Sie könnte Komplizen haben. Arbeitet nicht auch ihre Tochter für das Theater?«, stellte Rosa Weichsler fest und fügte hinzu: »Es gibt heute Vanilleeis mit heißen Himbeeren. Nein, Herbert, du bekommst nichts davon. Das ist nicht gesund für Hunde.«
»Auch für Menschen nicht unbedingt. Aber köstlich. Herbert spende ich eine Portion Schlagobers.«
»Der Hund wird noch fett werden.«
»Nein, dafür bewegt er sich zu sehr.«
Herbert leckte die Schüssel genussvoll leer, dann blickte er Marie voll Dankbarkeit tief in die Augen.

»Als Belohnung, weil er dich gerettet hat in Ischl«, meinte Marie, sich bei ihrer Schwester entschuldigend.

»Also, wer kommt als Täter in Betracht?«

»Alle, die am Abend der Premiere Zugang zur Bühne hatten. Wobei es auch Helfer des eigentlichen Täters sein könnten.«

»Kinder zum Beispiel, die man beauftragt, etwas in den Kelch zu schütten und sie dann, wenn die Polizei ermittelt, weit wegschickt.«

»Du denkst wieder an die Witwe und ihre Freundin.«

»Sie zählen zu den klassischen Verdächtigen, mit Zugang zu Arzneien und Giften und einer zu erwartenden Erbschaft. Wir dürfen die beiden nicht außer Acht lassen, nur weil sie auch unser Herbert verdächtigt.«

»Rein vom Verstand her hast du Recht. Mein Gefühl sagt nein. Die Frau ist mit der Apotheke finanziell unabhängig und hätte sich jederzeit scheiden lassen können. Und sie hätte den Mann nicht mit weiblichen Hormonen gefüttert, sondern ihn gleich vergiftet.«

»Welche anderen Möglichkeiten gibt es?«

»Zugang zur Bühne hatten alle Schauspieler, der Bühnenarbeiter, der Regisseur.«

»Die Schlaraffen.«

»Wieso?«

»Du hast doch selbst von einer Bühnenführung für die Schlaraffen und deren Angehörigen vor der Premiere erzählt«, erinnerte Rosa Weichsler ihre Schwester.

»Nein, das warst du. Aber warum sollten sie …«

»Wenn es nicht die Ehefrau war, dann muss es jemand anderer gewesen sein, der guten Grund hatte, den Intendanten aus dem Weg zu räumen.«

»Und den Detektiv.«

»Und es auch bei mir zu versuchen.«

»In Ischl.«

»Hagens Vater hat schon zweimal gemordet«, sagte Rosa nachdenklich. »Vielleicht wusste der Sohn mehr über seine Untaten.«

»Das hätte keine Konsequenzen für den Alten. Er ist haftunfähig. Außerdem ist er gelähmt.«

»Wenn es wahr ist.«

»Mich interessiert die Frage, warum ein Mensch so böse wird, wie der alte Hagen. Er verkörpert all das, was man sich unter dem Teufel vorstellen kann«, überlegte Marie.

»Es hat mit dem tierischen Anteil zu tun, den wir alle in uns tragen.«

»Ach ja, von dem die Männer mehr als wir Frauen haben. Stichwort Sublimierung.«

»So ist es. Das Tier in uns kann Energie und Tatkraft bedeuten, wenn wir es zähmen und beherrschen. Lassen wir es jedoch rauben, morden und vergewaltigen, zerstört es das, was wir als menschlich bezeichnen.«

»Wilde Horden.«

»Krieg.«

»Mörder.«

»Und du meinst, das steckt in allen von uns?«, fragte Rosa ihre Schwester.

Diese nickte. »Würden wir sonst Kriminalromane lesen? Das ist ein Ventil für aufgestaute Aggressionen.«

»Noch schlimmer ist es, so etwas zu schreiben. Stell dir vor, sich über Wochen und Monate damit zu beschäftigen!«

»Oder selbst zu ermitteln. Sich dabei edel und wertvoll vorzukommen, die bösen Täter zu bekämpfen, dabei aber genau zu wissen, was in deren Kopf vorgeht.«

»Das sind kranke Gedanken. Sie helfen uns nicht weiter.«

»Du hast Recht. Gönnen wir uns noch eine Kugel Eis?«

»Unbedingt.«
»Und was machen wir am Nachmittag?«, fragte Marie ihre Schwester.
»Monika Hauser will zum Friseur. Ich werde sie in der Trafik vertreten.«
»Das heißt, ich muss zu Hause bleiben.«
»Oder du fährst in die Trafik, und ich bringe den Garten auf Schuss.«
»Ist schon in Ordnung. Ein paar ruhige Stunden schaden uns nicht, dem Herbert und mir.«
»Du hast Herbert eingeladen?«, fragte Marie beinahe erschrocken.
»Unseren lieben, kleinen Herbert.«
»Ach so. Ich dachte schon …«
»Eifersüchtig?«
»Wie Othello.«

»Du willst ins Schwimmbad«, sagte Rosa Weichsler zu Monika Hauser, als sich diese verabschiedete und die Trafik verlassen wollte.
»Wieso? Sieht man mir das an? Ist meine Nase gewachsen.«
»Doch, natürlich. Eine Pinocchia, wie sie im Buche steht.«
»Im Ernst: Warum glaubst du mir nicht, dass ich zum Friseur muss?«
»Bauchgefühl. Aber kein Problem. Ich bin froh, dass du mich so tapfer vertreten hast, bei dem wunderbaren Wetter.«
»Morgen geht es weiter.«
»Mit neuer Frisur.«
»Zur Erinnerung: Nächste Woche bin ich in der Steiermark.«
»Ich weiß und hoffe sehr, das Wetter hält.«
»Wenn es regnet, gehen wir Schwammerlsuchen.«
Als Monika zu ihrem Auto eilte, zweifelte Rosa Weichsler, ob

es ihr und Marie gelingen würde, den Fall bis Montag zu lösen. Im Notfall musste sich eine von ihnen verkleiden und als Rosmaries Cousine den Dienst versehen.

Das Spiel mit den Identitäten hatte viele Vorteile, war aber auch mit Mühen verbunden, an die die beiden Schwestern seit ihren Teenagerjahren gewöhnt waren.

Die Figur der Rosmarie Weichsler war eine Erfindung Maries, nach dem Tod der Mutter, als sie mit sechzehn das Gymnasium vorzeitig verließen und in Vaters Trafik zu arbeiten begannen. Den Namen Rosmarie hatte schon zuvor der Vater erfunden, um den ständigen Verwechslungen zu entgehen. Das Verwirrspiel brachte Farbe und Spannung in das ansonsten so ernst gewordene Leben, und es bot unzweifelhaft Vorteile. Rosa verglich es mit dem Grimm'schen Märchen vom Hasen und dem Igel, in dem diese einen Wettlauf veranstalteten, bei dem es eine Goldmünze und Branntwein zu gewinnen gab. Der siegessichere Hase wurde vom Igel und seiner ihm bis auf den letzten Stachel gleichenden Ehefrau getäuscht. Sobald er am Ziel einlangte, rief einer der beiden: »Bin schon da.«

Das grausame Spiel wurde so lange fortgesetzt, bis der Hase tot umfiel.

Diese Methode bewährte sich in vielerlei Hinsicht, seit Schultagen. Rosa lernte für die Geografieprüfung, Marie konzentrierte sich auf Geschichte. Für die Führerscheinprüfung paukte Rosa das theoretische Wissen, Marie war die bessere Fahrerin. Auch bei ihren Mordermittlungen mit dem Chefinspektor punkteten die Zwillingsschwestern auf diese Weise.

Andererseits … Sie mussten auf vieles verzichten, hatten keinen Ehemann, keine Kinder.

Ach was, dachte Rosa. Dafür hatten sie zwei Herberte. Und vor allem einander.

Der Nachmittag im Laden verlief ruhig. Das Wetter war zu schön. Marie hatte Zeit, die Buchhaltung auf den neuesten Stand zu bringen, bis gegen 15:30 Uhr immer mehr Theaterleute auftauchten. Sie wollten sich vor der Probe in der Promenadenschule noch mit Zigaretten und Zeitungen versorgen oder Lotto- und Tototipps aufgeben.

Um zehn nach fünf betraten Nella Steiner-Optresal und Hans Ursprunger die Trafik.

»Wie ist die Probe gelaufen?«, erkundigte sich Rosa Weichsler.

»Für uns stellt das kein Problem dar«, antwortete die Schauspielerin. »Hans und ich sind Profis. Die Kleine scheint Lampenfieber zu bekommen.«

»Die ehemalige Souffleuse …«

»Und jetzige Darstellerin des Teufels und Gottes. Sie hat sich irgendwo verkrochen. Aber das ist kein gröberes Problem«, erklärte Frau Steiner-Optresal, »eher ein Vorteil. Es bewahrt die Aufführung vor unfreiwilliger Komik.«

»Das heißt …«, versuchte Rosa Weichsler zu Wort zu kommen.

»Das heißt, dass Reinprecht …«

»Der Regisseur.«

»Reinprecht übernimmt die Rolle.«

»Und Frau Sonnleitner?«, fragte Rosa Weichsler.

»Die soll zum Teufel gehen, diese intrigante, widerwärtige Person.«

Hans Ursprunger blätterte verschämt in einem Männermagazin und steckte dieses in den Stapel zurück, als Nella Steiner-Optresal ihn kritisch musterte.

Dann sagte sie in Richtung Rosa Weichsler: »Trafiken verkaufen eigentlich nur Überflüssiges bis Gefährliches. Von Zigaretten über Glücksspiel zu Schundheften.«

»Knall- und Feuerwerkskörper zu Silvester nicht zu vergessen«, schaltete sich Rosa Weichsler in das Gespräch ein.

»Und wie geht es Ihnen damit?«, fragte Frau Steiner-Optresal.

»Vermutlich genauso gut wie einer Schauspielerin, die die Rolle der Buhlschaft übernommen hat, die sich haarscharf an der Grenze zur Prostituierten bewegt.«

»Wir gehen, Hans! Die Frau will uns beleidigen«, sagte die Schauspielerin und warf die beiden Frauenmagazine zurück auf den Ladentisch.

»Einen Augenblick. Geh nur voraus. Ich komme nach.«

Als seine Kollegin den Laden verlassen hatte, entschuldigte sich Hans Ursprunger für ihr Benehmen.

»Sie geht total in ihren Rollen auf. In Wirklichkeit ist sie eine recht angenehme Person.«

»Ein Glück, dass sie keine Mörderin spielt«, sagte Rosa Weichsler.

»Das stimmt. Das wäre lebensgefährlich für alle Beteiligten.«

Als auch Hans Ursprunger gegangen war – er hatte den *Playboy* gekauft – überlegte Rosa Weichsler, ob der Ehrgeiz, die Rollen des Jedermann und der Buhlschaft von Roger Foltin und Lou Marold zu übernehmen, so stark sein konnte, dass man den Intendanten ermordete. Andererseits konnte niemand vorausahnen, dass die Stars ihre Rollen tatsächlich abgeben würden und dass das Publikumsinteresse durch den Mord aufrecht bliebe.

Nein, entschied Rosa Weichsler. So kalkulierend war die Steiner nicht. Auf gar keinen Fall. Menschen, die sich so sehr auf sich selbst konzentrierten, waren nicht fähig, das Verhalten anderer vorauszusehen.

Diese Fähigkeit traf schon eher auf Hans Ursprunger zu, den lässigen Architekten im Brotberuf. Doch das Verhalten des Mannes schien authentisch zu sein. Für ihn war das Sommertheater ein Hobby, eine Abwechslung. Mehr nicht.

Der Umstand, dass Herta Sonnleitner nicht zur Probe erschienen war, beunruhigte Rosa. Freiwillig würde die Kleine nicht auf ihre Rolle verzichten.

Sie griff zu ihrem Handy und wählte Frühaufs Privatnummer.

»Hier Rosmarie, ja. Ihr solltet euch um Herta Sonnleitner kümmern … Nein. Sie hat nicht an der Probe teilgenommen, der Regisseur hat ihre Rolle übernommen … Leider nein. Ich sitze in der Trafik fest. Aber melde dich, sobald du etwas weißt. Gut, ja … Das wäre zu hoffen. Mein Gefühl sagt das Gegenteil … Ja, ich fürchte, der Frau ist etwas zugestoßen.«

Frühauf fuhr allein in die Eisenstraße, zur Wohnung der Schauspielerin. Inspektor Leibnizer, sein Berufspartner, war auf Urlaub. Und ohne Rosmarie Weichsler interessierten ihn die Ermittlungen im Mordfall Hagen-Lausecker überhaupt nicht. Eigentlich war es ihm egal, wer die beiden Männer umgebracht hatte. Ihr Tod stellte keinen besonderen Verlust für die Menschheit dar.

Rosmarie zuliebe fuhr er in die Wohnung Herta Sonnleitners. Wahrscheinlich hatte die Frau Angst davor, sich auf der Bühne lächerlich zu machen, zu viel getrunken und schlief nun ihren Rausch aus.

Der Chefinspektor klopfte an die Eingangstür. Als sich niemand meldete, wollte er zurück zu seinem Wagen. Er könnte Rosmarie in der Trafik aufsuchen und mit ihr plaudern.

Nein, würde Rosmarie Weichsler sagen, *das kommt überhaupt nicht in Frage.* Oder würde sie *in die Tüte* sagen? Natürlich nicht. Rosmarie war kein albernes Wesen. *Du kontrollierst zuerst, ob die Tür verschlossen ist. Dann sehen wir weiter.*

Herbert Frühauf befolgte den Befehl seines detektivischen Über-Ichs und fand die Tür tatsächlich unversperrt vor. Er drückte die Klinke und trat ein.

Als erstes bemerkte er, dass der teure Fernseher nicht an seinem Platz auf der Kommode stand, sondern auf dem Fußboden lag. Unter dem zertrümmerten Gerät lag der verkrümmte Körper Herta Sonnleitners. Von einer Wunde an ihrem Hinterkopf war Blut in den abgenutzten Teppich geflossen. Die Konsistenz des Blutes verriet dem Polizisten, dass die Frau schon vor zwei bis zweieinhalb Stunden mit dem Fernsehgerät erschlagen worden war. Der geronnene Anteil des Blutes hatte sich bereits deutlich vom gelblichen Serum abgesetzt.

Fernsehen konnte gefährlich werden. Es kam immer auf die Dosis an, dachte Herbert Frühauf und schämte sich zugleich seiner zynischen Überlegungen.

Der linken Tasche seiner Uniformjacke entnahm er ein Paar Latexhandschuhe, dann untersuchte er die Tote. Sie hatte Augen und Mund geöffnet und roch nach Urin und Fäkalien. Die Zahnprothese war aus dem Unterkiefer durch die Wucht des Aufpralls nach vorne gerutscht.

Frühauf drehte ihren Kopf in die Ausgangslage zurück und widmete sich der Spurensuche.

Das Zimmer wirkte noch unerfreulicher als bei seinem letzten Besuch. In der Spüle stand noch schmutziges Geschirr vom Mittagessen.

Frühauf untersuchte Badezimmer und Toilette und fand Medikamentenpackungen mit der Aufschrift Isoniazid und Rifampicin. Ein Blick auf die Beipackzettel verriet ihm, dass es sich dabei um Tabletten zur Behandlung von Tuberkulose handelte. Die Mittel stammten, wie Aufkleber verrieten, aus der Einhorn-Apotheke.

Er beförderte die beiden Schachteln in eine Asservatentasche, dann setzte er seine Suche fort, indem er die Abfallbehälter im Bad und im Wohnzimmer kontrollierte. Er wurde jedoch nicht fündig. Der Müll war entweder vom Opfer oder vom Täter entsorgt worden. Aus diesem Grund verließ Frühauf die Wohnung und widmete sich den Mülltonnen an der Straße. Aber auch dort fand er nichts, was ihm weiterhelfen konnte.

Schließlich gab er auf, verständigte die Spurensicherung, die sich um die tote Frau, um Fingerabdrücke und Spuren fremder DNA kümmern sollte.

Er wartete auf das Eintreffen der Kollegen, dann setzte er sich in den Wagen und fuhr zu seiner Rosmarie in die Trafik am Schloss.

»Wir stellen die Situation in Herta Sonnleitners Wohnung nach«, schlug Rosa Weichsler vor. »Du bist der Mörder, ich bin das Opfer.«

»Nein. Wir lassen das Los entscheiden, wer wer ist«, protestierte der Chefinspektor.

»Aber das Opfer ist eine Frau …«

»Der Täter vielleicht auch.«

»Frauen schleudern keine Fernsehgeräte auf andere Frauen.«

»Die meisten Männer verzichten darauf ebenso.«

Nach dem üblichen Geplänkel schlug Rosa Weichsler vor, die Presse entscheiden zu lassen, wer Mörder und wer Opfer war. »Wir öffnen eine Tageszeitung. Der erste Buchstabe ganz oben entscheidet.«

»Je weiter vorne im Alphabet.«

»Desto Mörder.«

»Wie?«

»Wer den Buchstaben wählt, der weiter vorne im Alphabet steht, stellt den Mörder dar.«

Herbert Frühauf bedankte sich für die Präzisierung und fand ein L im *Standard.* Rosa Weichsler zog ein A in der *Kronen Zeitung.*

Damit nahm die Rekonstruktion des Verbrechens ihren Anfang, immer wieder unterbrochen durch eintretende Kunden, die sich über den rüden Ton zwischen dem Polizisten und der Trafikantin wunderten, den sie durch die noch geschlossene Tür vernahmen.

»Du miese, verkrüppelte Gestalt«, schrie Rosa Weichsler den Chefinspektor an. »Du wirst doch nicht glauben, dass du deine Erpressung so einfach fortsetzen kannst.«

»Du zahlst, oder ich geh zur Polizei«, erwiderte Frühauf.

»Das wagst du nicht. Ich habe deinen Brief aufbewahrt. Dann bist auch du fällig.«

»Es ist wohl ein Unterschied, ob jemand zwei Morde begangen hat oder ob man einen harmlosen Brief schreibt.«

»Drei Morde«, sagte Rosa Weichsler.

»Wieso? Wen hast du noch auf dem Gewissen?«

»Dich«, sagte die Trafikantin, ergriff die *Kronen Zeitung* und bewegte sie gegen Herberts Kopf.

Der Chefinspektor ging gekonnt in die Knie und legte sich der Länge nach auf den Boden.

Rosa Weichsler schlug weiter auf das Opfer ein, bis dieses sich nicht mehr bewegte.

In diesem Moment betrat Frau Rettensteiner, eine der größten Klatschbasen Steyrs, die Trafik. Sie wollte sich durch den Kauf von Frauenmagazinen auch global auf dem letzten Stand halten, kreischte jedoch laut auf, als sie den Polizisten auf dem Boden liegen sah.

»Eine Übung. Der Herr Chefinspektor schult mich ein, falls es je zu einem Überfall auf den Laden kommen sollte«, erklärte Rosa Weichsler.

»Aber er rührt sich nicht mehr. Was haben Sie mit ihm gemacht?«, fragte die Alte und strebte auf die Tür zu.

»Nichts«, sagte Rosa Weichsler. »Steh auf, Herbert!«

Doch dieser blieb liegen.

»Hilfe!«, rief Frau Rettensteiner. »Ein Mord an einem Polizisten. Hilfe!«

Erst als sie die Straße Richtung Stadtplatz hinunterlief, erhob sich Frühauf vom Boden.

»Was soll das? Warum hast du das gemacht?«, fragte Rosa Weichsler.

»Die Alte soll sich einmal gründlich lächerlich machen. Damit ihr niemand mehr glaubt. Sie betätigt ständig den Notruf, weil sie Flöhe husten hört.«

»Aber was mache ich, wenn die Polizei tatsächlich kommt?«

»Ich bleibe so lange hier. Also, was hat uns die Rekonstruktion gezeigt?«

»Ich habe tatsächlich Wut gegen dich verspürt.«

»Hast du Handschuhe angezogen, um keine Spuren zu hinterlassen?«

»Nein. Ich habe den Mord nicht geplant. Der Zorn hat mich übermannt, ich hab den Fernseher gesehen, den du mit meinem Geld gekauft hast und …«

»Das heißt, wir finden Fingerabdrücke auf dem Gerät.«

»Oder auch nicht. Der Täter hatte genügend Zeit, alle Spuren zu beseitigen.«

»Sie wegzuwischen.«

»Und du?«

»Ich wurde von deinem Angriff überrascht, obwohl ich eigentlich wusste, was kommen wird«, stellte Frühauf fest.

»Wir waren per du miteinander.«

»Täter und Opfer kannten einander.«

In diesem Moment hielt ein Polizeiwagen vor der Trafik.

Zwei junge Polizisten liefen, die Handfeuerwaffen im Anschlag, auf die Trafik zu.

13. Die Drohung

»Und dann«, erklärte Rosa ihrer Schwester, »hat er sich totgestellt, und die Rettensteiner hat die Polizei gerufen. Als sie eintrafen, gab er sich verwundert und bestritt, jemals auf dem Boden gelegen zu haben.«

»Ich fürchte, wir haben den Mann bisher unterschätzt«, sagte Marie und mixte ein drittes Gin-Tonic im Whiskyglas. »Womöglich kennt er auch unser Geheimnis und stellt sich nur dumm, weil …«

»Weil er Vorteile hat, wenn zwei Frauen ihm die Ermittlungsarbeit abnehmen.«

»Und weil er womöglich froh ist, dass er zu keiner von uns eine engere private Beziehung hat. Du weißt schon: ungesunde Mutterbindung und so.«

»Genau. Das ist der eigentliche Grund, warum Liliane uns noch nicht verraten hat. Sie will, dass wir einander auch in Zukunft blockieren.«

»Du findest, wir blockieren einander?«, fragte Rosa mit übertrieben traurigem Ton in der Stimme. »Darauf muss ich einen trinken.«

Als Marie nachschenken wollte, entzog ihr Rosa das Glas. »Nein, das ist zu schrecklich für Gin-Tonic. Wir haben doch noch eine Flasche Slibowitz irgendwo im Keller.«

Großpudel Herbert folgte Rosa Weichsler in den Keller, den er nur zu sehr besonderen Anlässen aufsuchen durfte. Es roch dort immer interessant, und es war auch nicht so unangenehm sauber wie in den Wohnbereichen des Hauses. Er verstand es absolut nicht, warum sich Menschen ihre Behausung derart unsinnig einrichten konnten. Er hätte, wenn sie ihn ließen, durchaus konkrete Pläne, wie man das ändern konnte. Aber, bitte, wenn sie nicht wollten, musste er sich mit gedüngten Wiesen, dem Hang zum Fluss und zu seltenen Anlässen mit dem Keller bescheiden.

Schade nur, dass seine Herrin so schnell fand, wonach sie suchte.

Marie hatte schon zwei kleine Gläser bereitgestellt.

»Du also auch?«, fragte Rosa.

»Sind wir nicht Zwillinge? Bedrückt uns nicht dasselbe Problem?«

Rosa füllte die Gläser bis zum Rand, dann prosteten sie einander zu. Überrascht schauten sie einander an, nachdem sie die Gläser geleert hatten.

»Das ist Wasser, ganz gewöhnliches Wasser«, stellte Marie fest.

»Jetzt wo du es sagst.«

»Vater hat den Slibowitz ausgetrunken und mit Wasser aufgefüllt.«

»Ein Verbrechen im eigenen Haus.«

»Was tun wir dagegen?«

»Wir behelfen uns mit Gin ohne Tonic.«

»Du sagst es, Lieblingsschwester.«

Wieder füllte Rosa die Gläser. Dieses Mal waren sie mit dem Ergebnis zufrieden.

Nach einigen weiteren Ginrationen hob Marie Weichsler die Stimme: »Ich gebe ihn hiermit zum Abschuss frei. Die Bessere soll ihn haben.«

»Du willst ihn erschießen?«, fragte Rosa.

»Tu nicht so scheinheilig! Du weißt genau, was ich meine. Es ist an der Zeit zu prüfen, ob der Mann als Mann hält, was er verspricht.«

»Du meinst …«

»Ja, das meine ich.«

»Aber das heißt nicht etwa, dass eine von uns leer ausgeht, wenn die andere Erfolg hat.«

»Nein, heißt es nicht. Das freie Spiel der Kräfte behält seine Gültigkeit. Übernimmst du morgen die Trafik?«

»Du hältst mich wohl für dumm und dämlich. Während ich arbeite, schnappst du dir Herbert.«

»Nein, denn dann bin ich ja ans Haus gefesselt, mit dem Hund.«

»Ich traue dir ganz und gar nicht. Wir werden wie immer auslosen.«

»Wie du meinst.«

Den Trafikdienst am nächsten Tag versah Marie Weichsler. Um sicherzugehen, dass Rosa tatsächlich zu Hause war, beschloss sie, diese unter einem Vorwand über das Festnetztelefon anzurufen.

Als sie nachdachte, fiel ihr Blick auf die *Bunte Illustrierte,* von deren Titelbild ein ihr bekanntes Gesicht lächelte.

Das war doch … Aber sicher. Roger Foltin hatte es auf das Cover des Magazins geschafft. DER NEUE TATORTSTAR stand darunter.

Rasch öffnete sie die Zeitschrift und suchte nach dem dazu gehörenden Artikel. Dieser trug den Titel EIN NEUER SCHIMANSKI. MÄNNLICH, HART, SCHNELL.

Die Fotos zeigten Roger Foltin beim Wasserschilauf, am Steuer eines roten Porsches und seine Partnerin küssend. Der folgende Text konzentrierte sich besonders auf die zur Rolle passende ausgeprägte Männlichkeit des Schauspielers.

Interessant fand Marie den Hinweis auf Foltins Freundin, die Schauspielerin Lou Marold, deren Geburtsstadt Steyr war. Sie lebte dort, der Illustrierten zufolge, in einem idyllischen

Schloss, das auch Roger Foltin als Rückzugsort diente.

Das war eine Neuigkeit für Marie und zugleich eine ideale Nachricht für Rosa.

Andererseits: Rosa war nicht auf den Kopf gefallen. Sie würde an die Möglichkeit denken, eine Rufumleitung vom Festnetztelefon auf das Handy einzurichten. Also lieber gleich die Mobilnummer wählen, um sich nicht lächerlich zu machen. Oder es bleiben zu lassen. Bei der Ablöse war noch Zeit genug, von dem Artikel zu berichten, oder ihr gleich die *Bunte Illustrierte* bereitzulegen.

Und noch etwas konnte sie Rosa erzählen: Gisela Mensik vom Kulturamt hatte ihr von der Einstellung der Jedermann-Aufführungen berichtet. Der Bürgermeister hatte das veranlasst. Ihm reichten zwei tote Schauspieler und die damit verbundene negative Publicity für die Stadt.

Die Ablöse Maries durch Rosa oder umgekehrt um halb eins war zur Routine geworden. Die neu ankommende Schwester parkte ihren Wagen neben dem Alten Theater und suchte die öffentliche Toilette gegenüber der Trafik auf. Minuten später versah die zweite Schwester die Tür mit dem Hinweis: *Komme gleich,* schloss den Laden ab und überquerte die Straße. Marie betrat eine Kabine, Rosa verließ die andere und eilte zurück zum Laden.

Minuten später fuhr Marie nach Hause, von wo sie telefonisch Kontakt mit Rosa aufnahm und ihr von dem Artikel über Roger Foltin in der *Bunten Illustrierten* erzählte, den sie unbedingt lesen sollte.

Dann musste Rosa unterbrechen, weil Chefinspektor Frühauf die Trafik betrat.

»Was gibt es Neues, Rosmarie?«, fragte er.

»Foltin macht große Karriere, als neuer Kommissar in den Tatort-Krimis.«

»Beachtlich, beachtlich. Mit ihm und Lou Marold hat Hagen wirklich große Fische geangelt.«

»Sie sind weggeschwommen, die Jedermann-Aufführungen eingestellt.«

»Also doch Neues.«

»Und bei euch, Herbert?«

»Auf dem Fernsehgerät waren tatsächlich nicht nur Herta Sonnleitners Fingerabdrücke. Wir müssen …«

»Ihr müsst allen in Frage kommenden Personen Fingerabdrücke abnehmen, um sie vergleichen zu können.«

»Das ist nur bei konkretem Tatverdacht möglich.«

»Oder auf freiwilliger Basis«, wandte Rosa ein. »Und wer sich weigert, ist verdächtig und kann dazu gezwungen werden.«

»Jawohl, Frau Hitler«, sagte Frühauf und salutierte.

»Warum willst du das nicht machen?«

»Weil ich meinen Job länger behalten möchte. Die Fingerabdrücke dienen als letztes Indiz, wenn wir jemanden bereits als Täter überführt haben.«

»Willst du die *Bunte Illustrierte?* Ich schenke sie dir.«

»Danke, ich werde den Artikel lesen und sie dann Mutti geben.«

»Wie geht es ihr?«

»Um einiges besser, seit euer Vater wieder bei uns ist.«

»Das ist allerdings eine besonders interessante Neuigkeit.«

»Und wann darf ich wieder mit deiner Teilnahme an den Ermittlungen rechnen?«

»Jeden Tag nach Geschäftsschluss. Monika Hauser hat Urlaub.«

»Das ist nicht gut für den Fall.«

»Der bei dir in besten Händen ist.«

»Ich weiß nicht«, klagte Herbert Frühauf. »Ohne dich komme ich nicht richtig voran.

»Konzentrieren wir uns auf das Wesentliche«, versuchte Marie die Chance zu nutzen. »Wir ermitteln heute Abend, open end. Ich lade dich zum Essen in die Orangerie ein, und dann legen wir los mit der gemeinsamen Arbeit.«

»Wann?«

»Du holst mich um sechs Uhr ab. Ist das recht so?«

»Perfekt.«

Rosa Weichsler benutzte den Weg die Enns entlang, an der Rückseite der Gärten, um mit Pudel Herbert spazieren zu gehen. Der Pfad wurde kaum benutzt, weil ihn niemand kannte, also war er sicher. Und ein kleines Risiko musste man eingehen, sonst saß man im Haus fest, während die Schwester in der Trafik arbeitete, fand Rosa, und der Hund freute sich sowieso über jede Art der Bewegung. Besonders am Beginn des *Äußerlns,* wie die Schwestern den Vorgang nannten, war Herbert übermütig, aufgezwirbelt, nervend. Erst allmählich beruhigte er sich und sprang nicht wie mehr wie ein Geißlein um seine Herrin herum, sondern interessierte sich für dies und jenes, beschnupperte Busch und Strauch, bewegte sich mitunter vorsichtig zum Fluss hinunter und trank aus den kühlen Wellen.

Rosa bemerkte den Duft von Zyklamen, bevor sie die Blüten tatsächlich sah. Der Sommer, der dieses Jahr besonders schön war, ging allmählich in den Herbst über.

Auf der Wasserfläche tummelten sich Wild- und Tauchenten, Schwalben flogen ganz knapp über der Wasseroberfläche, angeblich ein Zeichen, dass sich das Wetter verschlechtern würde. Oder sammelten sie sich schon zum Abflug?

Herbert war weit vorausgelaufen und bellte gedämpft. Wahrscheinlich ein Hase, der sich zum Wasser verirrt hatte oder jemand in einem der Gärten, der ihn erschreckt hatte.

Rosa Weichsler pfiff dem Hund, aber er kam nicht wie gewohnt zurück. Also rief sie nach ihm, erneut ohne jeden Erfolg. Sie begann sich Sorgen zu machen und lief den schmalen Weg entlang, bis zu dem Punkt, an dem er in die Straße mündete. Nichts. Keine Spur von Herbert. Sie hoffte, dass er nicht ins Wasser gerutscht war. Unsinn, dachte sie, Herbert kann schwimmen, und die Enns fließt aufgrund des wochenlangen Schönwetters gemächlich dahin.

Vielleicht war er heimgelaufen, weil er meinte, Marie sei zu Hause, überlegte Rosa und ging zurück zum Haus.

Kein Herbert. Weder im Garten noch auf der Straße vor dem Haus.

Aus dem Postkasten lugte ein weißes Kuvert. Das überraschte Rosa, denn die Postbotin war schon am Vormittag gekommen. Sie nahm den Briefumschlag, der in Computerschrift an Rosa und Marie Weichsler adressiert war.

Eigentlich kannte nur ihr Vater das Geheimnis der Zwillingsschwestern, und der hatte keinen PC, überlegte Rosa.

Das Kuvert war nicht zugeklebt, es trug auch keine Briefmarke. Drinnen standen in derselben Schrift die Worte: *Sie beenden sofort Ihre Schnüffelaktion, ansonsten stirbt Ihr Hund, und das Geheimnis wird gelüftet.*

Beigelegt war eine braune Locke des Pudels. Herbert war entführt worden, und man drohte mit seiner Ermordung. Zugleich kannte der Täter das Geheimnis der Schwestern und kündigte dessen Enthüllung an.

Marie musste sofort heimkommen. Sie mussten sich beraten und gemeinsam nach Herbert suchen.

Wenn das nicht ein ganz gemeiner Trick Maries war, um sich an Frühauf heranzumachen, während ihre dumme Schwester nach dem Hund suchte. Umso wichtiger war es, sie nach Hause zu beordern.

Entweder, dachte Marie Weichsler in der Trafik, war Pudel Herbert tatsächlich in den Händen des Täters, oder Rosa war wieder einmal überschlau und versuchte auf diese Weise zu verhindern, dass sie und Herbert Frühauf einander näherkamen. Aber das würde sie herausfinden, sobald sie zu Hause war. Rosa konnte ja den Hund nicht tatsächlich verschwinden lassen. Außer sie hatte ihn bei einer Nachbarin versteckt.

»Und du schwörst, dass das kein Trick ist, mich und Herbert voneinander zu trennen?«, fragte Marie Weichsler und blickte ihrer Schwester scharf in die Augen.

»Ach so, ihr hattet ein Rendezvous für heute Abend. Schau, schau.«

»Das war nicht die Frage. Die Frage ist …«

»Ich würde nie mit Herberts Leben spielen. Nein, er ist tatsächlich verschwunden. Und der Brief zeigt an, dass der Täter unser Geheimnis kennt und Herbert in seiner Gewalt hat.«

»Wenn nicht du …«

»Nein. Der Brief ist echt.«

»Gut, ich glaube dir. Was unternehmen wir?«

»Wir müssen Herbert suchen.«

»Wenn wir es gemeinsam tun, weiß die ganze Stadt, welches Spiel wir spielen.«

»Es ist ein Notfall.«

»Eben. Wir verlieren auch jetzt den Kopf nicht und werden gemeinsame Sache mit Frühauf machen.«

»Du gibst wohl nie auf.«

»Unsinn. Das Los wird wie immer entscheiden. Und ich glaube doch, dass diejenige, die gewinnt, anderes im Kopf hat, als mit dem Chefinspektor ins Bett zu hüpfen, während der arme Herbert sich in Lebensgefahr befindet.«

Marie Weichsler verbarg sich in der Mansarde ihres Hauses, während Rosa und Herbert Frühauf in der Küche berieten, was zu tun war.

»Ist dein Hund gechippt?«, erkundigte sich der Chefinspektor.

»Natürlich, aber das hilft uns erst weiter, wenn er gefunden wird. Man kann ihn damit leider nicht orten«, stellte Rosa fest.

Herbert Frühauf zeigte sich enttäuscht. »Welchen Sinn hat dann das Ganze?«

»Es hilft, die Identität eines Hundes festzustellen, wenn er jemanden beißt, einen Unfall verursacht oder jemandem zuläuft.«

»Würde dafür nicht die Hundemarke genügen?«

»Eigentlich ja, außer er verliert das Halsband. Der Chip sitzt unter der Haut.«

»Und du bist sicher, man kann ihn damit nicht orten. Ich werde mich bei Kollegen in Wien …«

»Das kannst du dir sparen«, unterbrach ihn Rosa ungehalten. »Es gibt eigene Ortungssysteme, die wie ein Handy funktionieren. Die hängt man dem Hund um den Hals. Aber Herbert hat so etwas leider nicht. Außerdem kann es der Kidnapper entfernen.«

»Der Dognapper.«

»Sei mir nicht bös, Herbert, aber mir ist absolut nicht nach Scherzen zumute. Herbert befindet sich in Lebensgefahr.«

»Gut. Ich meine, schlecht«, verbesserte sich der Chefinspektor. »Also müssen wir herausfinden, wer der Täter ist, bevor er seine Drohung wahrmacht. Es ist also an der Zeit, auf den Tisch zu legen, was du weißt.«

»Ich kenne den Täter nicht«, sagte Rosa.

»Und hast keine Vermutung?«

»Noch nicht.«

»Und du glaubst an die Unschuld von Hagens Frau und ihrer … ihrer …«

»Freundin.«

»Du glaubst noch immer an die Unschuld der beiden und riskierst den Tod des Hundes. Du weißt, dass Apotheker Medikamente haben, mit denen sie einen Hund einschläfern können.«

»Hör auf, Herbert! Du quälst mich.«

»Also?«

»Ich glaube an die Unschuld der beiden und verzichte darauf, den Hund bei ihnen zu suchen.«

»Das ist ein klares Wort. Ich hoffe, du bereust das nicht. Und was jetzt?«

»Ich weiß es nicht. Ich überlasse dir die Entscheidung. Du bist der Profi.«

14. Fegefeuer

Der Chefinspektor setzte sich mit der Hundestaffel in Verbindung. Der dortige Kollege war jedoch nicht bereit, nach einem entlaufenen Hund zu suchen.

»Ich leihe dir einen Hund, aber Beamten bekommst du keinen. Es ist Urlaubszeit, und wir halten mit Mühe einen Notbetrieb für wirklich wichtige Einsätze aufrecht.«

»Gut, ich hole den Hund.«

»Verstehst du etwas von Hunden?«

»Ich habe eine Kollegin, die sich dabei auskennt.«

»Diejenige, der der Hund entlaufen ist?«

»Natürlich nicht«, log Frühauf.

Der Polizeidiensthund war ein deutscher Schäfer weiblichen Geschlechts und hörte auf den Namen Ännchen von Tharau.

Ein absolut unpassender Name für das aggressive Vieh, fand Herbert Frühauf, der sich vor dem Hund fürchtete.

Als Ännchen auch Rosa Weichsler anknurrte, schrie diese die Hündin an und befahl ihr, sich niederzulegen. Das Tier gehorchte, plötzlich lammfromm geworden.

»Wo und wann ist Herbert verschwunden?«, fragte Herbert Frühauf.

Jetzt musste Rosa lügen. Sie konnte nicht mit dem Hund spazieren gehen, während sie in der Trafik arbeitete. Also erklärte sie, dass sie Herbert im Garten gelassen, und dass sie ihn, als sie nach Hause gekommen war, nicht angetroffen hatte.

»Er benutzt oft ein Loch im Zaun, um den Uferweg entlangzuwandern«, erklärte sie.

»Also kann er ganz einfach davon gelaufen sein.«

»Und dann hat er einen Brief geschrieben und ihn in den Postkasten geworfen, mit einer Locke seines Fells.«

»Ich möchte dieses Schreiben sehen.«

Verdammt, dachte Rosa, *weil ich meinen großen Mund nicht halten kann.* In dem Brief stand etwas von einem Geheimnis, das der Entführer verraten würde.

Dennoch zeigte Rosa dem Chefinspektor den Brief und erklärte, dass mit dem Geheimnis wohl ihre illegale Zusammenarbeit mit Frühauf gemeint wäre.

»Und das Kuvert?«

»Leider im ersten Zorn zerrissen und im Klo hinuntergespült.«

»Jaja«, klagte Frühauf, »wenn sie selbst betroffen ist, verhält sich die große Detektivin absolut laienhaft. Es ist also an der Zeit, dass ich das Heft in die Hand nehme. Ich werde«, entschied Frühauf, »mit Ännchen den Uferweg entlanggehen und die Spur verfolgen. Falls es eine solche gibt.«

»Aber du verstehst nichts von Hunden.«

Frühauf ignorierte diesen Einwand und sagte: »Du bleibst hier. Womöglich wartet der Täter nur darauf, dass du den Hund suchst und will dich abfangen.«

»Wie du meinst.«

»Also los, Ännchen. Was für ein absolut unpassender Name für dieses Monstrum!«

Schimpfend verschwand Frühauf mit dem angeleinten Schäferhund durch den Hinterausgang des Gartens.

Als er nach einer Stunde noch immer nicht zurück war, machte sich Rosa Weichsler auf die Suche nach Herr und Hund und hörte schon von weitem Ännchen bellen. Sie saß am Uferweg, Frühauf lag unten, ein Bein im Wasser.

»Was ist los, Herbert, was ist geschehen?«

»Das blöde Vieh ist einem Eichkätzchen nachgelaufen und hat mich den Hang hinuntergezerrt, dann reißt sich das Rabenvieh los, lässt mich fast ertrinken und bellt ohne Unterlass.«

»Komm herauf!«

»Ich kann nicht. Das rechte Bein. Vermutlich gebrochen.«

»Mein Gott, auch das noch. Ich ruf die Rettung. Komm Ännchen, wir müssen zurück zum Haus!«

Marie Weichsler kümmerte sich um die Polizeihündin, während Rosa auf die Uferstraße eilte, wohin sie den Rettungswagen beordert hatte.

Die Bergung Frühaufs über den steilen Hang war nicht unproblematisch. Die beiden Zivildiener überlegten sogar, die Bergrettung zu verständigen, das redete ihnen Rosa Weichsler aber erfolgreich aus.

»Ich werde mithelfen. Der Mann muss rasch ins Krankenhaus. Sie müssen zuerst sein Bein mit einer Schiene ruhigstellen, dann packen Sie ihn unter den Schultern, und Ihr Kollege und ich helfen von unten her mit.«

»Aber wenn noch einer ins Wasser fällt«, wandte der eine ein.

»Dann ziehen wir auch ihn heraus.«

Nach mehr als einer halben Stunde lag Frühauf endlich auf der Trage auf dem Uferweg und konnte zum Rettungswagen transportiert werden. Rosa und die beiden jungen Männer von der Ambulanz waren über und über mit Schlick bedeckt. Sie bedankte sich bei den beiden und versorgte sie mit reichlich Trinkgeld, das diese zuerst nicht annehmen wollten.

Mit einem Kuss auf die Stirn verabschiedete sie sich von Frühauf. »Ich werde dich morgen besuchen, nach dem Dienst in der Trafik. Alles Gute! Und danke für die Hilfe.«

Als der Wagen davonfuhr, versuchte Rosa Weichsler den Sand aus ihrem Mund zu bekommen, den sie beim Abschiedskuss aufgenommen hatte. Dann eilte sie zurück zum Haus und wollte nichts wie unter die Dusche und saubere Kleidung anziehen. Und mindestens ein Gin-Tonic.

Als sie den Hintereingang in den Garten nahm, hörte sie von Ferne das vertraute Bellen Herberts. Sie eilte nach vorne, zur Straße, und wurde von ihrem Hund begeistert begrüßt. Sie küsste und streichelte ihn und brachte ihn ins Haus. Der Umstand, dass sein Halsband fehlte, deutete darauf hin, dass er seinem Entführer entwischt war.

Im Haus hatte er keine Augen mehr für Rosa und Marie, nur mehr für Ännchen von Tharau, die wie ein Schoßhündchen winselte, als Herbert auf sie zueilte.

»Liebe auf den ersten Blick!«, sagte Rosa.

»Und was ist mit Frühauf?«

»Er wird ins Spital gebracht.«

»Wir sollten seine Mutter verständigen.«

»Das wird uns Vater nie verzeihen.«

»Du meinst?«

»Ja, ich meine.«

Sanny fand, dass es an der Zeit war, zu effizienterem Handeln zurückzukehren. Die Pannen, die bei den Weichsler-Schwestern bisher unterlaufen waren, grenzten ans Lächerlich-Peinliche. Das Entkommen des Hundes war der negative Höhepunkt.

Die Zwillinge hatten bereits das Wissen, und es war nur eine Frage der Zeit, bis sie eins und eins zusammenzählten und wussten, wer der Täter war. Und dann würden sie keinen Moment zögern, dies dem unfähigen Polizisten zu flüstern.

Schade, dass keine Zeit war für freundliche Worte und Taten. Sanny befand sich im Krieg. Und einen Krieg gewann man entweder, oder man verlor ihn. Man konnte nicht einfach aufhören und so tun, als ob nichts gewesen wäre.

Um den Krieg zu gewinnen, musste man den Gegner vernichten. Und der Gegner waren die Schwestern Weichsler. Scheinbar niedliche Wesen, wie ihr Hund. Aber nicht zu unterschätzen. Man musste ihnen eine Falle stellen und durfte sie nicht entkommen lassen.

Oder ganz etwas anderes: Wenn man ein Problem nicht lösen könnte, löste man sich vom Problem. Man ließ die Zwillinge links liegen und wandte sich dem Polizisten zu, mit dem sie zusammenarbeiteten. Ohne diesen waren sie gar nichts. Sie konnten nicht einmal gemeinsam in der Öffentlichkeit auftreten, um ihr lächerliches Geheimnis nicht zu verraten. Ohne den Polizisten waren sie schrullige Jungfern mittleren Alters, ohne jede kriminalistische Bedeutung. Also musste man den Polizisten unschädlich machen.

Roman Weichsler trank Rotwein mit Lily Frühauf. Nach einem Lammeintopf mit Linsen. Er fühlte sich frei und glücklich und spürte ein seltsames Verlangen, das ihn leicht beunruhigte. Immerhin war er nicht sicher, ob nach der Leistenbruchoperation tatsächlich wieder alles so funktionierte, wie es sollte.

Das Gefühl vermittelte ihm Zuversicht in dieser Hinsicht. Es war so stark, dass er nicht einmal an seine verstorbene Frau dachte, als er sich erhob und Liliane küsste.

Endlich, dachte diese. Es hatte lange gedauert, bis das Viagra, das sie in sein Essen gemischt hatte, zu wirken begann. Sein Kopf leuchtete zwar schon seit einiger Zeit im prächtigsten Hellrot, sonst war aber noch nichts geschehen. Gar nichts.

»Sind wir nicht schon ein bisschen alt für solche Spiele?«, fragte sie noch kokett, bevor das Telefon läutete. Sie wollte es ignorieren, hob dann aber doch ab.

»Das Krankenhaus. Mein Sohn ist eingeliefert worden. Ein Unfall. Ich muss sofort ins Spital«, erklärte sie dem Mann an ihrer Seite.

Dieser dachte wieder an seine Gertrude. Sie wollte ihn daran erinnern, dass … Aber nein, das war ungerecht. Hatte es nicht bei der Hochzeit geheißen: bis dass der Tod euch scheidet? Also machte er gar nichts falsch. Zu Lebzeiten war er ihr immer treu gewesen.

»Ich fahr dich ins Spital«, sagte Frühauf.

»Nein, wir haben getrunken. Ich rufe ein Taxi. Bleib bitte hier, ich brauche dich, wenn ich zurück bin. Mein Gott, hoffentlich ist nichts Ernsthaftes geschehen. Ich habe Herbie immer gesagt, dass dieser Beruf nichts für ihn ist. Er ist zu zartbesaitet dafür.«

Und jetzt war eine Saite gerissen, dachte Roman Weichsler und schämte sich im selben Augenblick dieses Gedankens, stattdessen sagte er: »Natürlich bleibe ich.«

Liliane Frühauf eilte in den ersten Stock, um einen Koffer für ihren Sohn zu packen.

»Du warst ja erst unlängst im Krankenhaus. Haben sie Handtücher und Seife?«, rief sie zu Frühauf hinunter.

Er musste aufstehen und nachfragen, was sie gesagt hatte, obwohl er sich vor Schwindel kaum auf den Beinen halten konnte.

Hatte ihn der Anruf so erschüttert, oder war das ein weiteres Zeichen von seiner Gertrude, dass er auf sittsamen Pfaden wandeln solle? Er wusste es nicht und gelobte sich, vorsichtig zu sein, in seinem eigenen Interesse.

Dann war Lily endlich fort. Roman Weichsler schwitzte vor Anstrengung und streckte sich auf der Couch aus. Er fühlte, wie sein Puls hämmerte und hoffte, er würde keinen Schlaganfall erleiden.

Aber es ist doch gar nichts geschehen, Trudchen, flehte er, dann fügte er hinzu: *Und es wird auch nichts geschehen. Ich gelobe es.*

Allmählich beruhigte sich der Mann, sein Atem normalisierte sich, die Augen fielen ihm zu, dann schlief er.

Er träumte von einer Fahrt in einem alten, klapprigen Wagen. Seine Frau saß an seiner Seite. Sie war jung und schön. Das Auto, es musste sich um einen Zweitakter handeln, denn der Gestank von verbranntem Öl erfüllte das Innere des Fahrzeugs, quälte sich die Großglockner Hochalpenstraße hoch. Immer wieder drohte es schlappzumachen, bis sie schließlich beim Fuscher Törl anlangten, von wo sie einen prächtigen Blick auf die umliegenden Berge hatten. Er stellte den Motor ab, dessen unangenehme Hitze bis in den Passagierraum strahlte. Gertrude und er genossen den Rundblick. Als er weiterfahren wollte, sprang der Motor nicht mehr an. Immer wieder startete er, dann versuchte er den Wagen bergab rollen zu lassen und einen Gang einzulegen. Vergebens.

Schwitzend erwachte er und hörte, dass jemand die Haustürglocke betätigte. Benommen begab er sich zum Eingang, öffnete und spürte eine Wolke von Parfüm und einer übelriechenden Substanz in seiner Nase, dann verlor er das Bewusstsein.

Sanny wunderte sich, dass der Polizist so alt war. Die Weichsler-Schwestern waren um mindestens zwanzig, wenn nicht gar dreißig Jahre jünger als er. Aber was sollte es, es war ihr Problem.

Natürlich musste man den Mann töten, um das Problem an der Wurzel zu fassen und es einer endgültigen Lösung zuzuführen. Endlösung? Nein. Solche Vokabel liebte auch Sanny nicht. Man wollte nicht auf einer Stufe stehen mit unmenschlichen Verbrechern. Man verteidigte das Recht auf einen angesehenen Platz in der Welt, der einem immer streitig gemacht worden war. Man empfand sich als Opfer, nicht als Täter, als Opfer, das nichts als sein Recht auf Selbstverteidigung ausübte.

Bedauerlich, dass der Eingriff so weite Kreise zog. Aber es war notwendig, wie beim Kampf gegen Krebs. Man musste schneiden, bestrahlen und medikamentös behandeln, sonst würde man zugrunde gehen. Und man war nicht allein auf der Welt. Man musste auch auf andere Rücksicht nehmen, auf Menschen, die einen liebten und die man liebte.

Roman Weichsler erwachte in einem fensterlosen Raum, in dem die Luft stickig und viel zu warm war. Er lag auf einer Pritsche, von der gewölbten Decke hing eine nackte Glühbirne, in einer Ecke standen ein Krug mit Wasser und ein Glas, darunter ein Kübel mit Deckel, offenbar, um die Notdurft zu verrichten. Die Tür war höchstwahrscheinlich abgeschlossen. Er würde das später herausfinden. Im Moment wollte er nicht aufstehen, ihm war kotzübel.

Er erinnerte sich an einen Ratschlag seines Vaters, der ihm empfohlen hatte, nach überreichlichem Alkoholkonsum die Hände unter den Hinterkopf zu legen. Der harte Untergrund stoppte die Kreiselbewegungen, die zum Erbrechen führten.

Die Maßnahme half auch dieses Mal. Er konnte wieder durchatmen und sich entspannen.

Was war geschehen? Roman Weichsler erinnerte sich an sein körperliches Unbehagen, an den quälenden Traum, bevor ihn das Läuten an der Tür zu Liliane Frühaufs Haus geweckt hatte.

Er war tot, gestorben und befand sich im Fegefeuer. Seine Gertrude hatte ihn zu sich berufen, aber er musste noch büßen, bis er, vielleicht irgendwann …

Fegefeuer. Er hatte immer daran gezweifelt, dass es ein Fortleben nach dem Tod gab. Aber es war genauso, wie die Pfarrer es beschrieben hatten. Immerhin war er nicht in der Hölle. Doch das hätte er auch nicht verdient. Er hatte niemanden getötet, bestohlen, nur in bescheidenem Ausmaß gegen das sechste Gebot verstoßen … Und was es sonst noch alles an Vorschriften gab.

Okay, er würde in diesem kellerartigen Gewölbe ausharren und abwarten, was weiter geschah. Er stand auf, erleichterte sich in den Kübel, trank von dem Wasser und fand die Tür tatsächlich verschlossen.

Eine verzerrte Stimme, die von der Zimmerdecke drang, ließ ihn an seinem Glauben zweifeln, sich im Jenseits aufzuhalten. Sie klang zu sehr nach Lautsprecher und hatte ganz und gar nichts Überirdisches.

Wir kennen ein Geheimnis, das Ihnen bisher unbekannt war, sagte die Stimme.

Vater Weichsler wartete ab, was man ihm mitteilen würde.

Sie haben nicht eine Freundin, sondern deren zwei. Ihre Rosmarie ist ein Zwilling. Zwei Schwestern namens Rosa und Marie, die Sie an der Nase herumführen.

Die Stimme von oben zeigte auffallend irdisches Unwissen. Ihr war unbekannt, dass er der Vater von Rosa und Marie war.

Obwohl das zeigt, wie dilettantisch Sie ermitteln, was für ein unfähiger Polizist Sie sind, ist es uns wichtig, herauszufinden, was Ihnen die Schwestern über uns verraten haben.

Vater Weichsler räusperte sich, dann fragte er: »Rosa und Marie wissen also, wer der Täter ist?«

Sie befinden sich bedauerlicher Weise auf dem richtigen Weg und müssen gestoppt werden, und zwar über den Umweg Ihrer Person.

Vater Weichsler überlegte, obwohl ihm das Denken in seinem dröhnenden Kopf schwerfiel. Sie hielten ihn für Herbert Frühauf, weil er im Hause der Frühaufs gewesen war und wollten herausfinden, wie viel er wusste. Danach würden sie ihn töten, um zu verhindern, dass Rosa und Marie weiter ermitteln.

Da kannte er die beiden aber schlecht. Sie würden weitermachen, koste es, was es wolle.

»Die beiden werden weitermachen, auch wenn Sie mich töten«, sagte er.

Niemand wird auf sie hören, wenn Sie tot sind. Sie sind keine Polizistinnen. Die Tatsache, dass die beiden jahrelang ihren billigen Mummenschanz mit Ihnen aufgeführt haben, scheint Sie weder zu überraschen noch zu ärgern?

»Ich bin nicht der, den Sie suchten. Ich bin der Vater von Rosa und Marie und kenne natürlich deren Geheimnis.«

Auf diese Aussage von Vater Weichsler hin verstummte der Lautsprecher.

Nach einigen Minuten verlöschte das Licht. Roman Weichsler hörte, wie die Tür zum Verlies geöffnet wurde, dann traf ihn wieder ein Schwall der übelriechenden Luft, und er verlor das Bewusstsein.

Sanny wollte Zeit gewinnen. Es war nicht klar, ob der Mann sterben musste, oder ob man ihn freilassen konnte. Er hatte Sanny nicht gesehen, wusste also nicht, wer Sanny war. Andererseits … jede Schwäche, jedes Mitleid war gefährlich, das wusste Sanny seit Kindheitstagen.

15. Wie in einem schlechten Krimi

»Wir trinken nichts, wir brauchen einen klaren Kopf«, entschied Marie Weichsler.

»Wofür?«, fragte ihre Schwester.

»Wir ziehen Bilanz aus den Ermittlungen, gehen alles Schritt für Schritt durch.«

»Mithilfe des Mörderbuches«, schlug Rosa vor.

»Natürlich. Das ist ja der Grund, warum wir es führen.«

Rosa nahm den kleinen Schlüssel, schloss das Poesiealbum auf und begann stumm darin zu lesen.

»Der Teufel lächelte«, sagte sie nach einer Weile.

»Bei der Premiere des *Jedermann* im Schlossgraben.«

»Viola Gattinger lächelte, als Siegfried Hagen starb.«

»Wir haben uns entschieden, diese Spur nicht weiter zu verfolgen«, sagte Marie und fragte ihre Schwester, ob sie diese Haltung nicht ändern sollten.

»Natürlich spricht vieles gegen Hagens Frau und ihre Freundin. Wenn sich Herberts Verdacht tatsächlich bewahrheitet, soll er die beiden überführen. Ruhm und Ehre würden dann dem Chefinspektor allein zufallen.«

»Wenn er wieder auf den Beinen ist.«

»Er hat ein Gipsbein, aber keinen Gipskopf.«

»Wobei das eine das andere nicht ausschließt«, fand Marie Weichsler. »Aber gut, wir lassen ihn und Anita Hagen und ihre Apothekenhelferin vorläufig beiseite.«

»Und wenden uns der Souffleuse zu. Herta Sonnleitner zeigte echte Trauer über Hagens Tod.«

»Sie erschrak, als im Tarot die Todeskarte auftauchte.«

»Zu Recht, wie sich herausstellte. Sie verstand zwar nicht

wirklich etwas vom Kartenlegen, teilte uns jedoch mit, dass die Teufelskarte, die sie gezogen hatte, auf einen Widerspruch hinwies, verriet uns aber nicht, auf welchen.«

»Sie wusste etwas, hatte etwas beobachtet und erpresste den Mörder.«

»Oder die Mörderin.«

»Und wurde mit dem sündteuren Fernseher in ihrer schäbigen Wohnung erschlagen.«

»Auf dem Apparat befinden sich die Fingerabdrücke des Täters.«

Das Läuten des Telefons unterbrach die Überlegungen der Schwestern.

»Ihr Vater ist verschwunden«, berichtete Liliane Frühauf aufgeregt.

»Bei mir ist er nicht«, sagte Marie. »Wahrscheinlich ist er in seiner Wohnung.«

»Telefonisch ist er nicht zu erreichen. Ich mache mir große Sorgen. Er hat mir versprochen, auf mich zu warten.«

»Wie geht es Ihrem Sohn?«

»Bruch des Unterschenkels. Er muss operiert werden.«

»Und wie geht es ihm?«, wiederholte Marie ihre Frage.

»Sie müssen ihm irgendetwas gegeben haben. Er macht dumme Scherze.«

»Also seelisch ist er wohlauf.«

»Das täuscht. Mein Herbie ist ja so was von sensibel.«

»Ich besuche ihn morgen Abend.«

»Sie sollten sich Sorgen wegen Ihres Vaters machen.«

»Natürlich. Auch darum werde ich mich kümmern.«

Rosa und Marie lächelten einander zu. Sie waren sich einig, dass ihr Vater Reißaus vor Mutter Frühauf genommen hatte und zeigten sich keineswegs beunruhigt. Sie setzten ihre Überlegungen im *Fall Hagen* fort.

»Wir haben uns zwar geeinigt, Anita Hagen und ihre Freundin vorläufig aus dem Spiel zu nehmen«, sagte Marie, »dennoch fällt mir etwas ein, das Viola Gattinger über ihre Rolle als Teufel im Jedermann gesagt hat.«

»Und zwar?«

»Der Teufel sei ein Wesen zwischen den Geschlechtern.«

»Damit wollte sie rechtfertigen, dass sie als Frau den Teufel spielte.«

»Und Gott.«

»Ein Wesen zwischen den Geschlechtern«, überlegte Rosa. »Durch die unfreiwillige Hormonbehandlung war Hagen auf dem Weg zu einem Wesen zwischen den Geschlechtern.«

»So sehr wir uns bemühen, die beiden Frauen aus dem Spiel zu lassen, sosehr ziehen sie geradezu magnetisch die Aufmerksamkeit auf sich.«

»Und das ist das Trügerische an dem Fall, das uns bisher gehindert hat, klar zu sehen.«

Pudel Herbert genoss es, wenn seine Herrinnen sich miteinander unterhielten. Er lag unter dem Küchentisch, zu ihren Füßen und seufzte hin und wieder vor Wohlbehagen. Marie streckte ihre Zehen aus und berührte damit den Hund, der sich daraufhin auf den Rücken legte.

»Herbert weiß, was ihm guttut«, sagte sie. Rosa blickte erschrocken auf ihre Schwester, die sofort präzisierte. »Unser Herbert, unter dem Tisch.«

»Das ist mir klar«, sagte Rosa und sprach rasch weiter, um ihre Schwester von der Lüge abzulenken: »Die Schlaraffen tauchen immer wieder auf. Auch bei ihnen hat sich Hagen etwas zuschulden kommen lassen. Sie haben ihn symbolisch bestraft und als Kassier abgesetzt.«

»Er hat sich mit einem Flügel – einem Klavier – freigekauft«, warf Marie ein.

»Es gab eine Bühnenführung für die Schlaraffen vor der Premiere …«

»Aber wir kennen niemanden von diesem Verein, der Hagen so sehr hasste, dass er ihn töten wollte.«

»Ihn und den Detektiv und die Souffleuse.«

»Ganz abgesehen von den Anschlägen auf dich und unseren Herbert«, sagte Marie Weichsler.

»Hagen war ein Mann, der andere in die Enge trieb.«

»Und damit an sich harmlose Menschen zu gefährlichen Taten zwang.«

»Du denkst wieder an seine Frau und deren Freundin.«

»Unter anderem. Ich könnte mir auch vorstellen, dass er einen Schlaraffen so sehr reizte, bis dieser die Nerven verlor.«

»Und ihn tötete.«

»Hagen war ein Teufel. Wie sein Vater.«

Die beiden Frauen saßen einige Zeit schweigend am Tisch, jede in ihre Gedanken versunken, bis Rosa Weichsler weitersprach: »Was ich jetzt sage, Marie, ist absolut verrückt, als ob ich eine ganze Flasche Gin allein ausgetrunken hätte.«

»Ich kann mir vorstellen, was du sagen willst. Auch ich hatte soeben einen recht abwegigen Gedanken.«

»Gut. Dann können wir ohne Bedenken etwas Gin-Tonic …«

»Du sagst es, Marie.«

Rosa erhob sich und stellte Gläser und Flaschen auf den Tisch.

»Ah, das tut gut. Ich hatte schon Entzugserscheinungen«, stöhnte Marie.

Auch Pudel Herbert erhob sich und ging zu seiner Wasserschale, wo er einige Zeit vor sich hin schlabberte.

»Willst du beginnen?«, fragte Rosa ihre Zwillingsschwester.

»Nein. Du warst zuerst«, erwiderte diese.

»Mir ist eingefallen – aber es ist wirklich verrückt« – Marie kicherte vor sich hin, »dass Siegfried Hagen vielleicht gar nicht tot ist. Dass er sich selbst mit einem Medikament betäubte, sodass er leblos auf der Bühne lag ...«

»Dass er gemeinsame Sache mit seinem teuflischen Vater macht, der das Gehirn hinter all den Untaten ist.«

»Du meinst, der junge Hagen allein wäre nicht intelligent genug.«

»Nein. Hinter seinen Betrügereien steckt viel Energie, aber nicht unbedingt ein sehr wacher Verstand.«

»Er hat nicht ohne Grund diese Maturaschule für geistig Schwache besucht.«

»Für geistig Schwache, aber finanziell Potente.«

»Zumindest was die Eltern betrifft.«

»Hmmm«, überlegte Marie. »Und wo liegt das Motiv?«

»Der Vater ist ein Psychopath, der Macht über den Sohn ausüben will.«

»Und der Sohn«, spann Marie den Gedanken weiter, »war an einem Endpunkt angelangt. Er hatte durch seinen Betrug bei den Schlaraffen seinen guten Namen verloren.«

»Seine Frau hasste ihn.«

»Er wollte untertauchen, um unerkannt und unbehelligt die Menschen zu töten, die etwas über ihn wussten, ihn vielleicht sogar erpressten.«

»Den Detektiv und die Souffleuse. Und schließlich uns.«

»Das würde auch erklären, warum er den Kelch leerte. Blausäure hat einen so unangenehmen Geschmack, dass jeder es sofort bemerken würde, wenn er davon trinkt.«

»Außer er leert das Glas im Überschwang auf einen Zug.«

»Was spricht gegen diese Überlegungen?«, fragte Marie kritisch und leerte ihr Glas. »Es enthält keine Blausäure. Du kannst nachschenken, Rosa.«

»Dagegen spricht, dass die Souffleuse den vermeintlichen Tod Hagens ehrlich betrauerte.«

»Vielleicht, weil sie meinte, dass damit ihre Geldquelle versiegt war.«

»Und noch etwas«, wandte Marie ein. »Der Polizeiarzt müsste mit ihm unter einer Decke stecken. Er hat den Tod Hagens bescheinigt und einen Obduktionsbefund ausgestellt.«

»Aber er hat die weiblichen Hormone in seinem Körper nicht entdeckt. Er könnte von Hagen erpresst werden und …«

»Zu viele Wenns und Abers. Eine zu filigrane Konstruktion.«

»Labiles Gleichgewicht.«

»Nicht einmal das. Es ist gekünstelt. Wie in einem schlechten Krimi.«

»Haben wir Alternativen?«

»Nein. Aber das heißt nicht, dass wir diese Spur weiter verfolgen müssen.«

»Ich halte also fest«, resümierte Rosa, »dass wir uns entschieden haben, zwei vielversprechende Spuren außer Acht zu lassen, nämlich die Hinweise auf Anita Hagen und ihre Freundin sowie auf Hagen selbst und seinen Vater.«

»Und dass wir ansonsten noch im Dunkeln tappen, dass wir zwar den Täter gegen uns mobilisiert haben, aber nicht wissen, wer er ist.«

»Eine gefährliche Situation.«

»In die wir hoffentlich bald Klarheit bringen können.«

»Sodass wir die Fingerabdrücke auf Herta Sonnleitners Fernseher dem Täter zuordnen können.«

»Wir müssen mit Herbert darüber reden.«

»Du hast Recht. Er fehlt uns.«

»Wer fährt ins Krankenhaus?«

»Ich melde mich freiwillig«, sprach Rosa.

»Einverstanden«, sagte Marie.

»Ohne Los?«

»Ohne Los. Was soll im Spital schon passieren.«

»Eben.«

Das Läuten der Türglocke unterbrach das Gespräch der Schwestern.

»Es ist beinahe Mitternacht«, sagte Marie.

»Wer kann das sein?«, fragte sich Rosa und ging öffnen.

Am Gartentor saß ihr Vater, der sich in einem beklagenswerten Zustand befand.

Sie mussten ihn stützen, um ihn ins Haus zu bekommen.

»Stockbetrunken«, stellte Marie fest.

»Wahrscheinlich hat ihn ein Taxifahrer bei uns abgesetzt. Wir lassen ihn im Gartenhaus schlafen, damit er uns nicht alles vollkotzt.«

»Vermutlich hat er Liebeskummer.«

Die Parkplätze vor dem Steyrer Spital waren anders zu benutzen als bei Rosas letztem Besuch vor zwei Jahren, als sich ein Nachbar beim Rasenmähen zwei Zehen abgetrennt hatte. Gebühren allerdings waren schon damals zu entrichten. Rosa Weichsler fühlte sich an katholische Kirchen erinnert, in denen man an jedem Eck und Ende zahlen musste.

Marie und sie waren vor Jahren aus der Kirche ausgetreten, am Palmsonntag unternahmen sie allerdings einen zaghaften Versuch der Annäherung. Vor der Kirche verkauften die katholische Frauenbewegung Palmbuschen. Drinnen nuschelte ein uralter Priester mit schlecht sitzendem Gebiss Unverständliches, dann wurde ein Metallteller durch die Reihen gereicht, auf das man Geld legen sollte. Bevorzugt Papiergeld, denn Münzen könnten ins Rutschen geraten.

Als sie das so genannte Gotteshaus verließ, wurde am Ausgang für eine Erneuerung des Glockengeläutes gesammelt.

Nie wieder hatten sie sich geschworen, damals.

Ähnlich dachte sie über das Steyrer Krankenhaus, nur dass man, wenn man seiner Sinne einigermaßen mächtig war, nicht aus dem Gesundheitssystem austreten konnte. Man war nicht sicher, ob man nicht doch eines Tages ärztliche Betreuung benötigte, besonders wenn man älter wurde.

Obwohl Marie und sie seit Kindertagen nicht ins Spital eingeliefert worden waren. Die Zwillingsschwestern waren kerngesund.

Und die Kirche? Bewahrte sie die Menschen nicht vor dem Bösen, dem Teufel, der Hölle? War sie nicht die Garantie, schnurstracks in den Himmel aufzufahren, wenn es so weit war?

Keineswegs, überlegte Rosa Weichsler. Laut Glaubensbekenntnis musste sogar Jesus in die Hölle und durfte erst nach drei Tagen auferstehen. Die Kirche hatte diesen Passus zwar geändert, doch erinnerten sich noch viele an die Urfassung. Das Abgestiegen-zu-der-Hölle hatte man zu Hinabgestiegen-in-das-Reich-des-Todes verniedlicht.

Rosa Weichsler lächelte über ihre Gedanken, die der Stress, den das Betreten des Krankenhausgeländes bei ihr auslöste, verursacht hatte.

Sie war an der Portierloge angelangt und fragte nach Chefinspektor Herbert Frühauf.

»Unfallchirurgie 1, erster Stock, Zimmer 16«, lautete die Antwort.

In dem hellen Zweibettzimmer – Herbert Frühauf war offenbar zusatzversichert, vermutlich auf Rat seiner Mutter – lag ein Mann mit eingegipster Schulter. Frühaufs Bett war leer.

»Mein Nachbar wird geröntgt, soviel ich weiß«, sagte der junge Mann.

»Und Sie?«, fragte Rosa Weichsler.

»Entschuldigen Sie, ich bin Mario Schmidberger. Aus Sierning.«

»Ich bin Rosmarie Weichsler. Trafikantin in Steyr. Ich wollte eigentlich fragen, warum Sie hier sind.«

»Ach so. Ein Dienstunfall. Ich wurde von einem Verrückten angeschossen.«

»Sie sind auch Chefinspektor?«

»Nur Inspektor. Man hat uns in ein Zimmer zusammengelegt.«

»Das finde ich optimal. Mein Freund, der Chefinspektor, befindet sich in Lebensgefahr. Er steckt in schwierigsten Ermittlungen.«

»Mir hat er erzählt, dass ihn ein Hund zu Fall gebracht hat.«

»Das ist nur die halbe Wahrheit. Ich mache mir Sorgen um ihn.«

»Mit meiner Behinderung kann ich ihm nicht zur Seite stehen. Meine Waffe liegt in der Dienststelle.«

»Aber Sie können die Augen offenhalten«, erklärte Rosa Weichsler. »Wenn irgendjemand den Raum betritt, der Ihnen verdächtig vorkommt, können Sie nach der Schwester läuten.«

»Das kann doch auch mein Kollege.«

»Ich denke an eine mögliche Manipulation der Medikamente. Das würde dem Profil des Täters entsprechen, das wir … das der Chefinspektor entwickelt hat.«

»Sicherlich würde es mir auffallen, wenn ein Besucher sich an den Tabletten zu schaffen macht.«

»Es könnte auch jemand sein, der sich als Arzt oder als Pfleger oder Schwester verkleidet hat.«

»Aber ich kann doch nicht von jeder Schwester den Ausweis verlangen.«

»Sicherlich nicht. Aber Sie bemerken, wenn jemand die bereits hereingebrachten Medikamente austauschen will.«

»Ja, das würde mir auffallen.«

»Sehen Sie.«

Hoffnungslos schwerfällig, wie unsere Regierung, überlegte Rosa Weichsler. Wie diese verwendet er seine gesamte Energie dafür, Gründe fürs Nichtstun zu finden.

»Und was unternehme ich, wenn ich etwas beobachte?«, unterbrach der junge Beamte ihre Gedanken.

»Sie machen Herbert Frühauf darauf aufmerksam. Sie warnen ihn davor, die Medikamente einzunehmen. Und er wird die Tabletten sicherstellen und untersuchen lassen.«

»Könnten nicht Sie … Ich könnte Sie anrufen, wenn Sie mir Ihre Handynummer geben, und Sie warnen dann meinen Nachbar.«

»Nein«, sagte Rosa Weichsler entschieden.

Mein Gott, wie ein kleines Kind, dachte sie. Wahrscheinlich lebt auch er bei seiner Mutter. Nicht auszuhalten das Ganze. Wenn Sie Innenministerin wäre, überlegte Rosa Weichsler, würde sie mehr Frauen in den Polizeidienst bringen. Allerdings bedeutete die Tatsache, dass die letzten beiden Ministerinnen in Wesen und Aussehen Kampfhündinnen glichen, einen Schritt in die richtige Richtung.

So, und jetzt nichts wie raus aus diesem Zimmer, aus dem Spital! Rosa Weichsler fühlte sich umzingelt von tölpelhaften Polizisten, von Bakterien und Bazillen.

»Lassen Sie Herbert schön grüßen. Von Rosmarie Weichsler«, verabschiedete sie sich von dem Polizisten.

»Schreiben Sie es mir bitte auf. Ich kann wegen der Verletzung nicht schreiben.«

»Sie bekommen meine Visitenkarte. Und wenn etwas Unvorhergesehenes passiert, rufen Sie mich einfach an, Herr Schmidberger«, gab sich Rosa versöhnlich.

»Sie wissen, wie ich heiße?«, gab sich der Beamte überrascht.

Bevor Rosa Weichsler ihm erklären konnte, dass er sich als Inspektor Mario Schmidberger vorgestellt hatte, öffnete sich die Tür, und ein rundliche Frau Mitte fünfzig trat ein, mit einer Einkaufstasche, der sie Tortenstücke und eine Thermosflasche entnahm.

»Wie geht es dir, Bub?«

»Nicht gut, Mama. Gar nicht gut. Die Schmerzen.«

»Ja, tun denn die Ärzte gar nichts für dich! Ich werde mit dem Primar reden müssen.«

Rosa Weichsler verließ unbemerkt den Raum und eilte zur Parkgarage.

In der Gartenhütte der Zwillingsschwestern erholte sich inzwischen Roman Weichsler von den Strapazen seiner Entführung, und er wachte über Großpudel Herbert, den er für ein hoffnungslos verzärteltes Tier hielt.

Wie der Pudel schon ging! Eigentlich ging er nicht, er tänzelte die Straße entlang. Man musste aus diesem femininen Geschöpf endlich einen richtigen Hundemann machen. Auch wenn er über und über mit einer Art Dauerwelle bedeckt war.

Doch das musste noch nichts bedeuten. Vater Weichsler erinnerte sich an einen Fußballspieler namens Prohaska, der in den 70er Jahren des vorigen Jahrhunderts Schneckerl genannt worden war, aufgrund seiner mehr als üppigen Lockenpracht. Und jener Prohaska war eindeutig ein richtiger und ganzer Mann. Oder?

Es ging bei Pudel Herbert weniger um das zu gepflegte Äußere, als um sein Benehmen. Der Hund war zu freundlich. Man musste ihn umerziehen.

Roman Weichsler entschied sich, das *Projekt Herbert* unverzüglich in Angriff zu nehmen, indem er einen Spaziergang machte.

Sie nahmen den Hinterausgang des Gartens. Pudel Herbert tänzelte wie üblich den Weg entlang, wedelte freundlich mit dem Schwanz, als er die Nachbarskatze sah und war insgesamt guter Dinge.

Man musste ihn abrichten, fand Roman Weichsler. Herbert musste lernen, Beute zu machen, Äste und Bälle zu apportieren. Das Leben war Jagd, kein Ballett.

Also nahm er ein Stück dürren Ast, rief Herbert zu sich, der majestätisch die rechte Vorderpfote ausstreckte, als wär er auf dem Opernball und wartete auf einen Handkuss.

Dann wirbelte Vater Weichsler den Ast durch die Luft, dass er einige Meter weiter auf dem Uferweg landete.

Herbert beobachtete dies mit freundlicher Aufmerksamkeit, rührte sich aber keinen Millimeter von der Stelle. Immer wieder versuchte es Roman Weichsler, doch am Ende des Spaziergangs war nur er müde, Herbert tänzelte munter zurück in den Garten.

Der Hund schien zu lächeln, fand Vater Weichsler, statt grimmig zu schauen. Ein lächelnder, parfümierter Balletttänzer.

Wenn er doch wenigstens wie ein Hund riechen würde!

Als gegen halb zehn die Briefträgerin am Gartentor auftauchte, um Briefe und Prospekte in den Postkasten zu schieben, verwandelte sich Herbert plötzlich in eine Art Kampfhund. Er sprang mit allen vier Beinen gleichzeitig in die Luft und ließ ein tiefes Bellen und Grollen vernehmen.

»Das macht er jeden Tag. Er wartet direkt auf mich«, klagte die junge Frau. »Was ich nicht schon alles unternommen habe, ihn versöhnlich zu stimmen. Von Hundekuchen angefangen bis zu Bällen und Quietschtieren. Er nimmt das alles an, dann tobt er weiter.«

»Das werden wir ihm abgewöhnen«, erklärte Roman Weichsler und bat die Postbotin in den Garten. Herbert hielt er zur Sicherheit am Halsband fest.

»Er muss erkennen, dass von Ihnen keine Gefahr ausgeht, dass Sie bei uns willkommen sind. Schau her, Herbert, das ist die Tante Briefträger. Sie bringt Briefe und Geld. Die ist eine ganz Liebe.«

Bei diesen Worten tätschelte er den verlängerten Rücken der Briefträgerin und erhielt umgehend eine Ohrfeige.

»Sie alter Wüstling«, schimpfte die Frau. »Was für ein fauler Trick!«

»Aber das ist ein Missverständnis. Ich wollte dem Hund nur zeigen ...«

»Vergessen Sie es«, sagte die Briefträgerin und rauschte davon.

Pudel Herbert schaute ihr lange nach, dann sprang er um Roman Weichsler herum und bellte ihn an.

In diesem Moment entschied sich dieser, seine Umerziehungsmaßnahmen zu beenden. Der Hund war zu vergessen, geprägt fürs Leben durch seine verrückten Töchter. Da konnte man nichts machen, außer seinen eigenen, geraden Weg unbeirrt weiter gehen, um nicht selbst verrückt zu werden. Punkt.

»Was hast du im Gesicht, auf der Wange?«, fragte Rosa Weichsler ihren Vater, als sie vom Krankenhaus heimkam. »Sieht aus wie fünf Finger. Wen hast du verärgert?«

»Ich möchte das nicht weiter kommentieren.«

»Erzähl!«

»Ach, gar nichts. Herbert ist schuld daran. Mehr erfährst du nicht. Wo warst du?«

»Bei Frühauf, im Krankenhaus?«

»Was ist mit ihm?«

»Ein Beinbruch.«

»Wie geht es ihm?«

»Ich habe ihn nicht angetroffen. Er wird untersucht. Aber jetzt erzählst du, wo du dich gestern Abend umhergetrieben hast. Du warst in einem kläglichen Zustand …«

»Ich bin entführt worden, und dann hat man mich hierher gebracht.«

»Was für eine lächerliche Ausrede!«, gab sich Rosa Weichsler entrüstet. »Du warst so alkoholisiert, dass du kaum gehen konntest.«

»Man hat mich mit irgendetwas betäubt.«

»Unsinn.«

»Wenn du mir nicht zuhörst, lassen wir es eben.«

Rosa Weichsler überlegte einen Augenblick, dann bat sie ihren Vater, die Erlebnisse des vergangenen Abends aus seiner Sicht zu erzählen. »Ich werde dich nicht mehr unterbrechen.«

»Versprochen?«

»Versprochen. Leg los!«

»Also, ich war bei Lily im Haus, als sie ins Spital gerufen wurde. Ihr Sohn hatte einen Unfall erlitten.«

»Herbert hatte sich ein Bein gebrochen.«

»Lily fuhr ins Krankenhaus, und ich blieb allein zurück. Irgendwie fühlte ich mich schrecklich. Dann läutete es an der Haustür, ich öffnete und wurde betäubt. Mir war furchtbar übel, als ich in einem fensterlosen Gewölbe erwachte. Eine Lautsprecherstimme verriet mir euer Geheimnis. Die Person – ich weiß nicht, ob es ein Mann oder eine Frau war, die Stimme war so verzerrt, wusste, dass es eine Rosa und eine Marie gibt.

Und sie wollte verhindern, dass ihr eure Ermittlungen fortsetzt. Ihr hättet die richtige Spur gefunden. Sie wollten mich töten, damit niemand mehr auf euch hört.«

»Das verstehe ich nicht«, warf Rosa ein.

»Die Person hielt mich für Herbert Frühauf, und meinte, mit meinem Tod hätten eure Ermittlungen kein Gewicht mehr.«

»Richtig! Du wurdest ja aus dem Haus der Frühaufs entführt«, fiel Rosa ein.

»So ist es. Ich klärte die Person auf und rettete damit mein Leben. Auf jeden Fall fand ich mich an eurem Gartentor wieder.«

»Und du schwörst, dass das die Wahrheit ist. Es ist wichtig, Vater. Die Zeit der Scherze ist vorüber.«

»Nichts als die Wahrheit.«

»Wie sah der Raum aus, indem du gefangen gehalten wurdest?«

»Ein Gewölbe, wie in einer Burg.«

»Ich muss Marie anrufen. Ich weiß jetzt, wer der Mörder ist. Wir müssen rasch etwas unternehmen, bevor die Katastrophe eintritt.«

16. Wettersturz

Sanny war beunruhigt. Es war ein Fehler gewesen, den Alten freizulassen. Er wusste nun, dass Sanny den Chefinspektor nicht persönlich kannte. Ein Umstand, der nur auf wenige der Verdächtigen zutraf. Ein Mensch mit einigermaßen Verstand konnte daraus gefährliche Schlüsse ziehen. Und Verstand hatten die Zwillingsschwestern.

Zu hoffen, dass dies auf ihre menschliche Umgebung keinesfalls zutraf, wäre fahrlässig. Man musste etwas unternehmen. Schade, dass man sich nicht mehr auf die Erkenntnisse des Detektivs stützen konnte, der das Geheimnis der Schwestern gelüftet hatte. Der Mann hatte in seinem Eifer vor Sanny selbst nicht Halt gemacht. Also musste er … gehen.

Wenn also nicht Frühauf, sondern dieser merkwürdige Alte in Frühaufs Haus gewesen war, musste sich der Chefinspektor an einem anderen Ort aufhalten.

Um das herauszufinden, genügte möglicher Weise ein Anruf bei Frühaufs Mutter und eine Frage, wo der Sohn war. Mütter waren für gewöhnlich auskunftsfreudig.

Bevor er sie anrief, musste Sanny die Nummer seines Handys unterdrücken. Lausecker hatte verraten, wie man das bewerkstelligte: #31# und die Nummer eingeben.

Die Mutter verriet Sanny, dass sich ihr Sohn auf Zimmer 16, Unfall 1, befand. Und man sollte ihm kein Obst bringen, sondern etwas Süßes. Mozartkugeln hatte der Herr Chefinspektor ganz besonders gern.

Natürlich würde ihm Sanny keine Mozartkugeln bringen. Sanny würde in Spitalskleidung schlüpfen und eines der Medikamente ersetzen. Durch Euglucon. Euglucon senkte den

Blutzuckerspiegel und führte bei ausreichender Dosierung zu einem raschen Tod.

Und dann konnten die schnüffelnden Zwillinge schauen, wie sie ihre Weisheiten an den Mann bringen. Man würde sie als das betrachten, was sie in Wahrheit waren, als komische Figuren, die ohne polizeiliche Ermittlungen in ihrer Trafik verstaubten.

»Du musst sofort heimkommen«, teilte Rosa Weichsler ihrer Schwester mit. »Ein absoluter Notfall. Ich weiß, wer der Täter ist. Nein, vergiss die Trafik für ein paar Stunden. Ja, wegen Krankheit geschlossen. Beeil dich!«

Rosa legte auf und bat ihren Vater, auf Herbert aufzupassen, während Marie und sie unterwegs waren.

»Ich hoffe, ihr lasst euch nicht wieder auf ein gefährliches Abenteuer ein.«

»Wir passen auf einander auf.«

»Wieso weißt du plötzlich, wer die Morde begangen hat?«

»Du hast mir dabei geholfen. Der Mörder kennt Herbert Frühauf nicht, sonst hätte er dich nicht mit ihm verwechselt. Und das engt den Kreis der Verdächtigen ein. Es kann niemand von den Schlaraffen sein, auch nicht Hagens Frau und deren Freundin und niemand vom Theater, den Frühauf verhört hat.«

»Zusammen mit dem Überfall auf dich in Ischl ergibt das eine mehr als deutliche Spur«, erklärte Marie Weichsler ihrer Schwester.

»Wir müssen Gudenius anrufen.«

»Gudenius?«, fragte Marie.

»Den Klassenvorstand Siegfried Hagens im Internat, im Josefinum.«

»Du denkst dasselbe wie ich.«
»Vermutlich.«
»Was fragen wir ihn?«

In der Nacht schlug das Wetter um. Der Sommer verabschiedete sich mit Blitz und Donner und heftigem Regen, der nicht aufhören wollte.

Gegen 11 Uhr Vormittag betrat eine athletisch wirkende Krankenschwester das Zimmer 16 der Unfallstation des Steyrer Krankenhauses. Sie machte sich am Medikamentenspender an Frühaufs Bett zu schaffen. Der Chefinspektor lag nicht in seinem Bett. Er wurde wieder geröntgt.

Inspektor Schmidberger, der gerade in der Zeitung blätterte, erinnerte sich mit einem Mal an die Bekannte seines Zimmernachbarn und war verunsichert. Was sollte er tun? Die Schwester war sicher in Ordnung, andererseits …

Mario Schmidberger wartete, bis er allein im Zimmer war, dann griff er zu seinem Handy und rief seine Mutter an.

Diese empfahl ihm, Frühauf von der Warnung seiner Bekannten zu erzählen.

Schmidberger suchte nach der Visitenkarte. Rosmarie Weichsler hieß die Frau, von deren Besuch er Frühauf noch gar nicht erzählt hatte. Ungeduldig wartete er auf die Rückkehr des Steyrer Polizisten.

Eine ihm schon bekannte Schwester brachte das Mittagessen. Frittatensuppe und Saftfleisch mit Nockerln und grünem Salat sowie ein viel zu schmales Stück Apfelstrudel.

Mama kochte besser. Aber sie würde erst am Nachmittag kommen, mit Kaffee und Mehlspeise.

Frühauf wurde von einem Pfleger in einem Rollstuhl in das Zimmer gebracht und warf sich mit dem Gipsbein ins Bett, dass dieses ächzte.

Als sie wieder allein waren, erzählte Mario Schmidberger vom gestrigen Besuch einer Rosmarie Weichsler. »Ich habe ganz vergessen darauf. Und sie hat mich gebeten, darüber zu wachen, dass niemand Ihre Medikamente manipuliert.«

»Die gute Rosmarie«, seufzte Frühauf, setzte sich auf und begann die Suppe zu löffeln.

»Tatsächlich war eine fremde Schwester im Zimmer, die Ihre Medikamentenschachtel geöffnet hat. Was genau sie damit gemacht hat, weiß ich nicht, sie hat mir den Rücken zugewandt.«

»Alle Schwestern hier sind fremd. Immer wieder kommt jemand Neuer.«

»Aber das war erst vor einer Viertelstunde. Wir bekommen die Tablette am Morgen.«

»Ach was. Wahrscheinlich ist etwas anderes verordnet worden.«

»Rufen Sie doch Ihre Bekannte an, bevor Sie die Tabletten nehmen.«

»Sie sind aber hartnäckig, Schmidberger.«

»Meine Mama meint …«

»Gut. Ich rufe sie an.«

»Ihre Nummer ist …«

»Ich kenne ihre Nummer.«

Frühauf betätigte sein Handy, begrüßte Rosmarie am Telefon. Dann schwieg er. Sie hatte ihm sehr viel zu erzählen.

»Ich werde dich dabei unterstützen. Ich bin ja nicht gelähmt«, erwiderte Frühauf.

»Aber du hast ein Gipsbein.«

»Mein Kopf und meine Hände sind in Ordnung. Und auch das rechte Bein. Unternimm nichts, bis ich da bin.«

»Du kannst zurück in die Trafik, Rosa«, sagte Marie Weichsler. »Frühauf kommt bei uns vorbei.«

»Wir lassen das Los entscheiden, wer den Einsatz leitet«, entschied Rosa. »Ich meine, abgesehen vom Chefinspektor. Und die Trafik bleibt geschlossen. Die Unterlegene sitzt im Haus, um einzugreifen, wenn sich die Lage zuspitzt.«

Marie Weichsler zog das längere Zündholz und bat ihren Vater, weiterhin auf Herbert aufzupassen.

»Und ihr? Ihr habt doch das nicht nötig«, wandte er ein. »Die Polizei soll ihre Arbeit allein machen. Warum gefährdet ihr immer wieder euer Leben?«

»Und das eurer Angehörigen, willst du sagen.«

»Nein, wirklich nicht, Rosa.«

»Ich bin Marie.«

»Ich habe mich nur versprochen.«

Gegen drei Uhr traf der Chefinspektor im Hause Weichsler ein, mit Gipsbein und einer Krücke, nass vom nicht enden wollenden Regen.

»Ich bin ganz normal aus dem Krankenhaus entlassen worden«, berichtete er, »obwohl sie Klassepatienten gerne etwas länger behalten.«

»Hast du Schmerzen?«, erkundigte sich Marie.

Herbert Frühauf verneinte. »Das Gehen mit dem Gewicht am Bein ist etwas gewöhnungsbedürftig. Ich werde dir die Glock anvertrauen müssen, ich kann nicht gleichzeitig gehen und schießen.«

Marie Weichsler dachte einen Moment nach, dann eilte sie in die Mansarden ihres Hauses, wo sich ihre Schwester Rosa aufhielt.

»Du bist die geübtere Schützin. Frühauf will uns seine Glock überlassen. Ich übergebe an dich.«

Rosa nickte und eilte nach unten.

»Was war los?«, fragte Herbert Frühauf.

»Ich habe Ausschau gehalten nach meinem Vater. Er ist mit dem Pudel unterwegs. Man kann von den Mansarden auf den Uferweg blicken.«

»Und? Ist er auf dem Rückweg?«

»Nein. Aber das macht nichts. Die beiden kommen schon recht gut miteinander aus. Vater möchte aus Herbert einen richtigen Hund machen. Er meint, ein Pudel brauche eine etwas härtere Erziehung.«

»Ich bin im Moment auf Hunde im Allgemeinen nicht besonders gut zu sprechen.«

»Das kann ich verstehen«, meinte Rosa Weichsler und dachte an die Polizeihündin, die Schuld an Frühaufs Beinbruch war.

»Was unternehmen wir als nächstes?«, fragte der Chefinspektor, und Rosa Weichsler entwickelte einen detaillierten Plan.

»Herbert, Herbert!«, rief Roman Weichsler. »Komm sofort hierher!«

Aber nichts geschah. Der Großpudel war durch eine Thujenhecke in einen Garten gewischt und dachte nicht daran, zurückzukehren.

Er hörte das aufgeregte Bellen eines zweiten Hundes und hoffte, dass es zu keiner Rauferei kommen würde. Dann war es ruhig. Nur ein Hecheln und Keuchen war zu vernehmen.

Vater Weichsler kniete nieder und robbte durch die unangenehm nasse Hecke.

Im Garten sah er eine Frau, die neben Herbert und einem weißen Pudel stand. Herbert war auf dem anderen Hund aufgeritten.

Was für eine peinliche Situation! Roman Weichsler wollte den Garten kriechend verlassen, aber da hatte ihn die Besitzerin des weißen Pudels schon gesehen.

»Bleiben Sie doch hier! Mitzi ist gerade läufig.«

»Wer?«, fragte Weichsler und erhob sich aus der Wiese.

»Maria vom stillen See. Da kam Ihr Pudel wie ein Engel vom Himmel. Wenn etwas daraus wird, bekommen Sie ein Junges.«

»Danke, uns genügt Herbert.«

Roman Weichsler war erleichtert, dass der weiße Hund kein Rüde war. Herbert hätte er auch das zugetraut.

»Kommen Sie auf eine Tasse Kaffee. Wir wollen die beiden nicht stören.«

Vater Weichsler warf noch einen scheuen Blick auf die Hunde, bevor er der Frau ins Haus folgte. Herbert hatte, wie alle männlichen Wesen, wenn sie zugange waren, den Gesichtsausdruck eines abgestochenen Kalbes, fand Vater Weichsler.

Die noch recht attraktive Frau, die sich als Finni Langensteiner vorstellte, Witwe seit einem Dreivierteljahr, setzte sich zu Roman Weichsler auf die Samtcouch. Dabei berührten immer wieder ihre nackten Zehen seine Füße.

Weichsler rückte ein Stück weit weg von seiner Gastgeberin. Er dachte noch immer an die Ohrfeige der Briefträgerin.

»Ein Bier, ein Glas Wein?«, fragte die Frau, die Weichsler auf 55, 56 Jahre schätzte.

Sie war braungebrannt, ihr Haar hellblond. Vermutlich gefärbt.

Finni Langensteiner entkorkte eine Flasche Weißwein und befüllte zwei Gläser. Da geschah das Missgeschick. Ein Schwall kalter Flüssigkeit ergoss sich auf Roman Weichslers Hose, im Bereich des Schrittes.

Die Witwe entschuldigte sich und versuchte, Weichsler mit einem Geschirrtuch abzutrocknen. Dieser wich den Berührungen an heikler Stelle aus und eilte in den Garten, wo nun Herbert hechelnd neben der ebenfalls erschöpften Mitzi lag.

»Wir müssen gehen, Herbert, komm!«, rief er.

»Das tut mir leid, mit dem Wein«, entschuldigte sich die Witwe. »Ich leihe Ihnen eine Hose meines Mannes. Er hatte ungefähr Ihre Statur.«

Roman Weichsler lehnte dankend ab.

»Dann soll sich wenigstens Ihr Hund von den Anstrengungen erholen. Ich bringe ihm Wasser.«

Einträchtig schlabberten die Hunde aus einer Blechschüssel, und Roman Weichsler leinte Herbert an.

»Geben Sie mir doch Ihre Adresse. Ich verständige Sie, wenn es Junge gibt«, sagte Finni Langensteiner.

Weichsler nannte die Adresse seiner Töchter und wollte mit Herbert durch die Hecke kriechen.

»Wir haben auch ein Gartentor«, flötete die Witwe, »durch das wir liebe Gäste gerne wieder empfangen.«

Marie Weichsler saß in der Küche, das Mobilteil ihres Schnurlostelefons in der Hand. Sie wartete ungeduldig, bis Professor Gudenius abhob.

»Wie ist das Wetter in Ischl?«, erkundigte sich Marie nach der gegenseitigen Begrüßung.

»Sehr schlecht. Die Traun führt schon Hochwasser«, antwortete der pensionierte Lehrer. »Aber Sie rufen mich aus einem bestimmten Grund an«, kam Gudenius zum Kern der Sache.

»Ich habe eine Frage an Sie, eine Ihrer Schülerinnen betreffend.«

»Ich muss Sie enttäuschen, Frau Inspektor«, entgegnete der alte Lehrer. »Zu meiner Zeit hatten wir nur Schüler. Das änderte sich erst zur Jahrtausendwende.«

»Aber …«

»An öffentlichen Schulen wurde die Koedukation 1975 eingeführt, wir als Privatschule hinkten nach. Der damalige Direktor behauptete, dass die Kosten getrennter Sanitäreinrichtungen und so weiter zu hoch seien. Dann aber war diese Entwicklung auch im Josefinum nicht mehr aufzuhalten.«

Nach einigen weiteren Fragen beendete Marie Weichsler das Gespräch und verständigte ihre Schwester, die mit Herbert Frühauf in dessen Dienstwagen unterwegs war.

»Du ahnst ja nicht, was sich heute zugetragen hat, Rosa«, sagte Weichsler zu seiner im Haus zurückgebliebenen Tochter.

»Ich bin Marie«, sagte diese knapp.

»Aber Marie wollte doch mit Frühauf …«

»Das hat sich geändert. Also, was hat sich zugetragen?«

»Herbert wird vielleicht Vater. Er hat eine Pudeldame beglückt.«

»Mein Gott, Herbert, lass dich knuddeln«, rief Marie verzückt.

»Sie wird euch verständigen, wenn es Junge gibt.«

»Wer?«

»Mitzis Besitzerin.«

»Ach, das ist die Frau mit dem weißen Pudel. Wir kennen sie. Aber was hast du mit deiner Hose gemacht?«

»Frag mich nicht.«

»Hmmm. Was wird wohl Mutter Frühauf dazu sagen?«

»Es ist nicht so, wie es scheint.«

»Zieh dich um. Ich kann dir eine Trainingshose geben.«

»Was für ein absolut unerträglicher Tag!«, seufzte Roman Weichsler.

»Herbert ist der einzige richtige Mann weit und breit«, sagte Marie Weichsler.

»Mich kannst du nicht mehr beleidigen. Ich bin jenseits von Gut und Böse.«

»Eben.«

Rosa Weichsler und der Chefinspektor fuhren zum Privathaus des Urologen und Andrologen Dr. Christian Mondl, den Herbert Frühauf von den Schlaraffen her kannte. Rosa lenkte den VW Touran Richtung Hochstraße im Stadtteil Tabor, weil Frühauf aufgrund seines Gipsbeines dazu nicht in der Lage war.

Der Arzt selbst öffnete die Tür zu dem Bungalow. »Komm herein, Herbert, sonst werdet ihr noch nass. Wie geht es dir?«

»Ich hinke durchs Leben.«

Dann begrüßte Dr. Mondl auch Rosa Weichsler und führte die beiden in ein Zimmer, von dem man in den Garten blicken konnte.

»Ich nehme an, ihr kommt aus dienstlichen Gründen«, vermutete der Arzt, hintergründig lächelnd.

»Natürlich«, erwiderte Frühauf, etwas verlegen.

»Worum geht es?«, erkundigte sich Dr. Mondl, und Rosa Weichsler ergriff das Wort.

»Es geht um fundiertes Wissen zu Geschlechtsumwandlungen, beziehungsweise zu Männern, die sich als Frauen verkleiden.«

»Das sind zwei völlig verschiedene Phänomene«, erwiderte der Arzt.

»Uns interessieren alle Möglichkeiten, die es da gibt«, sagte Rosa Weichsler.

»Könnten Sie das etwas präzisieren?«

»Noch nicht«, bedauerte Rosa. »Es wäre wichtig, dass Sie uns alle, äh, Spielarten erklären.«

»Um die Sache auch für Laien verständlich zu machen, unterscheide ich zuerst einmal zwischen seelischen Phänomenen und solchen körperlicher Natur. Drücke ich mich klar aus?«

»Bis jetzt können wir Ihnen folgen«, stellte Rosa Weichsler fest, obwohl Frühauf leicht den Kopf schüttelte.

»Gut. Ich beginne mit der Psyche. Da gibt es die Geschlechtsidentitätsstörung, das heißt ein Mann oder eine Frau bildet sich ein, in Wahrheit dem anderen Geschlecht anzugehören.«

»So genannte Transvestiten«, warf Frühauf ein, stolz auf sein Wissen.

»Nicht ganz. Dieser Begriff betrifft ausschließlich die Kleidung. Die Persönlichkeitsstörung, die ich meine, wird als Transsexualismus bezeichnet. Manche dieser Personen unterziehen sich einer Hormonbehandlung und auch geschlechtsanpassenden Operationen.«

»Und das Körperliche?«, fragte Rosa Weichsler.

»Was ich soeben beschrieben habe«, fuhr der Arzt fort, »reicht schon ins Physische. Wenn jedoch ein Knabe oder ein Mädchen mit Merkmalen des anderen Geschlechtes geboren wird, spricht man von Intersexualität.«

»So genannte Zwitter«, stellte Frühauf fest.

»So ist es, Herbert. Oder auch Hermaphroditen genannt. Die Formen dieser Abweichungen vom so genannten Normalen sind vielfältig. Keiner von uns entspricht vollständig dem Prototyp Mann oder Frau.«

»Ach. Und so einen Zwitter kann man umoperieren?«, fragte der Chefinspektor.

»Wenn du es so ausdrücken willst, ja. Wenn er oder sie das möchte. Und jetzt verrätst du mir, in welcher Weise das für deine polizeiliche Arbeit von Belang ist.«

Frühauf zeigte dem Arzt das Foto einer Frau und fragte ihn, ob er sich vorstellen könne, dass diese Person irgendwann ein männliches Wesen hätte sein können.

»Natürlich. Du kannst jeden von uns zumindest äußerlich zu einem Mann oder einer Frau machen. Allerdings muss auch die innere Entwicklung damit Schritt halten. Das heißt, ohne intensive psychologische Betreuung kann es zu erheblichen Schwierigkeiten kommen.«

»Siehst du, Christian«, wandte sich Frühauf an seinen Bekannten. »Genau diese Probleme beschäftigen uns gerade.«

Rosa Weichsler dachte an die Teufelskarte im Tarot, von der die ermordete Souffleuse gesprochen hatte. Ihr war nun klar, welchen Zwiespalt diese symbolisierte: den der Geschlechter.

17. Schloss Teufelsegg

Als Frühauf und seine Begleiterin wieder im Wagen saßen, meinte Rosa: »Die Hinweise verdichten sich. Siegfried Hagen und Lou Marold haben dieselbe Schule, dasselbe Internat besucht.«

»In Ischl.«

»Dieses Internat war jedoch zu jener Zeit Schülern männlichen Geschlechtes vorbehalten.«

»Du meinst? Nein, das schließe ich völlig aus. Foltin hätte sich doch nicht einen Zwitter als Freundin genommen.«

»Und als Freund?«, fragte Rosa.

»Was? Nein. Das wäre doch völlig pervers.«

»Vielleicht ist er es«, stellte Rosa fest. »Jedenfalls ergeben jetzt alle bisherigen Hinweise Sinn: Die beiden hatten Zugang …«

»Du meinst Lou Marold und Roger Foltin.«

Rosa Weichsler bestätigte das mit einem Kopfnicken. »Lou ist ein Vorname, den sowohl eine Frau als auch ein Mann tragen kann. Beide hatten Zugang zur Bühne, sie beschäftigten vermutlich den Detektiv, der irgendwann auch zu viel über sie wusste. Die Souffleuse hat sie mit ihrem Wissen erpresst. Auch wir wurden ihnen zu gefährlich.«

»Aber warum …«

»Lou Marold und Siegfried Hagen besuchten dieselbe Schule. Hagen wusste, dass Marold ein Knabe gewesen war. Er erpresste die beiden und zwang sie, für ihn zu spielen.«

»Du meinst im Steyrer Schlossgraben.«

Rosa Weichsler nickte. »Als sich für Foltin eine Karriere als Tatort-Kommissar abzeichnete, mussten sie das Problem ein für alle Mal lösen. Hagen musste sterben. Alle anderen Morde waren notwendige Folgetaten.«

»Ich kann es nicht glauben.«

»Wir werden uns selbst ein Bild machen«, stellte Rosa Weichsler fest. »Wir fahren zum Schloss Teufelsegg.«

»Wohin?«, erkundigte sich Frühauf misstrauisch.

»Zum Schloss Teufelsegg. So hieß es bis zur Mitte des 17. Jahrhunderts. Jetzt trägt es den Namen Engelsegg.«

»Du bist so wahnsinnig gescheit.«

»Ist dir das auch schon aufgefallen. Es ist das Elternhaus Lou Marolds. Sie ist Steyrerin, wie die *Bunte Illustrierte* verriet.«

»Und warum wohnten die beiden dann im Hotel?«

»Sie waren dort nur zum Frühstück.«

»Glaubst du, sie sind noch in Steyr?«

»Da bin ich mir ziemlich sicher. Wer sonst hätte deine Medikamente vertauscht? Ich hoffe, du lässt sie untersuchen.«

Auf der Fahrt zum Schloss mussten sie die Steyr überqueren, die vom Dauerregen bereits so angeschwollen war, dass das Wasser beinahe die Brücke erreichte.

»Wenn es so weitergeht, haben wir wieder Überschwemmungen«, sagte Rosa zu Frühauf.

Als sie noch vor dem Tunnel zur Tomitzstraße rechts abbiegen wollte, bat Frühauf sie, geradeaus zu fahren.

»Fahr zum Schloss Lamberg. Wir brauchen Verstärkung.«

»Eine gute Idee«, bestätigte Rosa.

Rechts vom Tunnel donnerte der Wasserfall des Teufelsbaches in die Tiefe.

»Das schaut recht dramatisch aus«, fand Frühauf.

»Kein Wunder, dass man ihn nach dem Teufel genannt hat. Ein harmloses Bächlein, das beim geringsten Regen zur tosenden Bestie wird.«

Der Chefinspektor lobte Rosmaries Formulierkraft, dann nahm er sein Mobiltelefon und bat seine Kollegen Haunold und Berger, im Schlosshof zu warten. Rosa parkte den Touran vor dem Schloss. Die Inspektoren sollten nicht sehen, dass sie gefahren war, dann eilte sie zur Bundespolizeidirektion und bat die beiden jungen Beamten zu Frühaufs Wagen.

Haunold und Berger waren erstaunt, dass die Trafikantin am Einsatz teilnehmen würde, doch sie folgten den angeblichen Anweisungen ihres Vorgesetzten, ohne diese zu weiter zu hinterfragen.

Es war Rosa selbst, die erklärte, das Beisein einer Frau sei in diesem Fall wichtig, darum habe der Chefinspektor sie gebeten, mitzukommen.

Inspektor Thomas Haunold lenkte das Fahrzeug, Frühauf saß neben ihm und beschrieb ihm die Route.

Kurz darauf hielten sie an der mit Rundtürmen und Schießscharten versehenen Mauer zu Schloss Engelsegg.

Ein grau gestrichenes Vollmetalltor versperrte den Zugang zum Hof. Frühauf läutete und forderte über die Gegensprechanlage sofortigen Zutritt zum Gebäude.

Das Tor schob sich, von einem Elektromotor angetrieben, zur Seite und gab den Blick auf das in Form eines Hufeisens gebaute Renaissanceschloss mit seinen steilen Walmdächern frei.

Eine große, schlanke Frau kam Rosa Weichsler und den drei Polizisten entgegen. Sie stellte sich als Martha Maroltinger vor. »Die Schwester von Lou Marold«, erklärte sie lächelnd und fragte nach dem Grund des Besuches.

»Einige Fragen an Sie und Ihre Schwester sowie an Roger Foltin«, erklärte Chefinspektor Frühauf knapp.

»Mit Lou und mir können Sie gerne reden. Herr Foltin ist nicht mehr in Steyr.«

Die Frau, die alle Anwesenden mindestens um einen Kopf überragte, führte sie durch den gepflasterten, teilweise überfluteten Hof zum Schloss.

»Der Bach ist wieder einmal über das Ufer getreten«, erklärte sie.

»Der Teufelsbach«, stellte Rosa Weichsler fest.

Martha Maroltinger bestätigte das lächelnd. »Da weiß man wenigstens, warum er so heißt. Andererseits war das lebendige Wasser und der Wasserfall unterhalb des Parks der Grund, warum unsere Großeltern mütterlicherseits das Schloss kauften.«

»Es befindet sich in einem mehr als perfekten Zustand«, stellte Rosa Weichsler fest.

»Dank großzügiger Subventionen vonseiten der Stadt, von Lous Beitrag abgesehen. Sie hat einen Großteil ihrer Gagen in das Schloss investiert.«

Lou Marolds Schwester führte Rosa und die Polizisten in das erste Geschoss, in die verglaste Arkade des Hauptgebäudes, von der sie in den Hof und auf den brodelnden Bach blicken konnten.

»Ich verständige meine Schwester. Möchten Sie etwas trinken?«

»Kaffee wäre sehr willkommen«, sagte Frühauf.

Dann wartete man einige Minuten.

Rosa Weichsler flüsterte den Polizisten zu: »Wir täuschen nur vor, den Kaffee zu trinken. Falls sie uns betäuben wollen.«

Die beiden Inspektoren blickten ihren Chef fragend an, dieser nickte bestätigend.

Dann tönte eine rauchig-sinnliche Stimme von einer der Türen her: »Sie wollen mit mir sprechen?«

Lou Marold betrat den hellen Raum. Sie trug ein gelbes, tief dekolletiertes Sommerkleid. Ihre helle, zarte Haut kontrastierte mit dem energischen Kinn und dem dunklen Haar.

Zartbitter, fand Rosa Weichsler und dachte an Schokolade. Eine perfekte Mischung von Anmut und Energie. Und Lou Marold war eindeutig die jüngere der beiden Schwestern.

»Martha ist meine Agentin«, erklärte die Marold, als ihre Schwester mit Kaffee, aufgeschäumter Milch und Schokoladestückchen auf Silbertablett zurückkam.

»Wir sind ein perfektes Team«, bekräftigte Martha Maroltinger die Aussage der Schauspielerin.

»Machen wir es kurz«, sagte der Chefinspektor entschieden. »Sie, Frau Marold, stehen in Verdacht, den Intendanten der Sommerspiele und die Souffleuse sowie den Detektiv Gregor Lausecker ermordet zu haben, von weiteren Anschlägen auf Rosmarie Weichsler, ihren Vater und ihren Hund sowie auf mich einmal abgesehen.«

»Aha«, sagte die schöne Frau und räusperte sich. »Sie haben doch sicherlich Beweise für Ihre Behauptung.«

»Doch, haben wir«, stellte der Inspektor fest. »Zum Beispiel Ihre Fingerabdrücke auf dem Fernseher, mit dem Herta Sonnleitner erschlagen wurde.«

»Na dann«, sagte Lou Marold ruhig, »verhaften Sie mich!«

»Sie haben diese Taten nicht allein begangen, sondern mit Hilfe von Roger Foltin und Ihrer Schwester.«

»Ich wäre sehr froh, wenn Sie Roger aus dem Spiel lassen«, sagte die Marold und fragte dann mit einem Lächeln auf ihren vollen Lippen: »Und weshalb, meinen Sie, sollte ich all diese Untaten begangen haben?«

»Weil Hagen ein widerliches Schwein war«, sagte Frühauf.

»Soso, mein lieber Schulfreund Siegi war also ein Schwein. Was bringt Sie zu dieser Annahme?«

»Er hatte die unangenehme Eigenschaft«, meldete sich nun Rosa Weichsler zu Wort, »Menschen so sehr ins Eck zu drängen, bis diese verzweifelte oder unbedachte Taten setzten.«

»Und Sie meinen, das könnte er auch mit mir getan haben?«, fragte die Schauspielerin und wandte sich an die Polizisten: »Aber lassen Sie sich doch bitte durch unser Wortgeplänkel nicht davon abhalten, Kaffee zu trinken.«

Keiner machte Anstalten, zu einer der Tassen zu greifen, auch Lou Marold und ihre Schwester nicht.

»Sie waren also auf demselben Internat wie Hagen«, stellte Rosa Weichsler fest.

Lou Marold schwieg.

»Das Josefinum in Bad Ischl«, fuhr Rosa Weichsler fort, »war bis Ende der 90er Jahre männlichen Schülern vorbehalten. Also …«

»Stopp, Schluss!«, rief Martha Maroltinger. »Das ist ein Thema, das meine Schwester zu sehr belastet. Ich stehe Ihnen gerne weiter Rede und Antwort, aber Lou muss geschont werden. Du kannst dich zurückziehen«, sagte sie, an die Schauspielerin gewandt. »Ich übernehme.«

»Ein Kollege wird Sie begleiten«, meldete sich Frühauf zu Wort und gab Raimund Berger ein Zeichen, ihr zu folgen.

»Ich gehe an die frische Luft. Mir ist von dem Gespräch übel geworden«, sagte Lou Marold.

Nachdem der Inspektor und die Schauspielerin den Raum verlassen hatten, sagte ihre Schwester: »Ja, Lou war ein Mann, oder beinahe ein Mann, bis sie ihre weiblichen Wurzeln entdeckte und zu einer betörenden Frau wurde. Aber das ist kein Verbrechen.«

»Natürlich nicht«, stellte Rosa Weichsler klar. »Schwierig wird es erst, wenn sich eine solche Frau in einen Mann verliebt, der beruflich vom Image des Männlichen lebt.«

»Roger Foltin. Er liebt Sanny gerade deswegen.«

»Wen?«

»Als sich Louis endgültig in eine Frau verwandelte …«

»Nach Hormonbehandlungen und Operationen«, unterbrach sie Rosa Weichsler.

»Nach Hormonbehandlungen. Operationen wurden an Sanny keine vorgenommen.«

»Sanny?«, wiederholte Rosa fragend.

»Die hebräische Form für den Teufel in weiblicher Gestalt. Wir stellten uns in der Kindheit vor, kleine Teufel zu sein. Sie wissen schon. Die Fantasie von Kindern.«

»Und Schloss Teufelsegg am Teufelsbach.«

»So ist es.«

»Und dann«, fuhr Rosa Weichsler fort, »drohte Hagen, alles zu zerstören. Die Karriere Lou Marolds und die ihres Freundes sowie die Beziehung der beiden. Er erpresste sie, und zwang sie, die Hauptrollen im Sommertheater zu übernehmen. Weil er sich damit nicht begnügte, musste er sterben. Die weiteren Morde ergaben sich aus dem ersten, mussten geschehen, um die Tat zu verschleiern. Roger Foltin wehrte sich, um seine Rolle als männlicher Kommissar nicht zu gefährden.«

»Was immer Sie vermuten. Roger hat nichts mit imaginären Verbrechen zu tun.«

»Auch nicht mit tatsächlich begangenen?«

»Auch nicht«, stellte Martha Maroltinger klar.

In diesem Moment stürzte Inspektor Berger in den Raum.

»Sie ist in den Bach gesprungen. Ich konnte nichts machen.«

»Das heißt …«, begann der Chefinspektor.

»Sie wurde von der Flut mitgerissen und über den Wasserfall katapultiert.«

»Damit«, sagte Martha Maroltinger ruhig, »ist alles den Bach hinunter gegangen.«

Sie lächelte hintergründig, griff zu ihrer Kaffeetasse und leerte sie.

Sekunden später wand sie sich in Krämpfen.

Der Notarzt, den Frühauf verständigt hatte, stellte ihren Tod durch Herzstillstand fest.

»Glaubst du wirklich, dass Roger Foltin nichts von den Morden wusste?«, fragte Marie Weichsler bei Gin-Tonic am häuslichen Küchentisch.

Rosa verneinte: »Frühauf scheint sich mit den beiden toten Schwestern zu begnügen. Die Fingerabdrücke auf dem Fernseher, mit dem die Souffleuse erschlagen wurde, stammen von Martha Maroltinger.«

»Ich weiß nicht, welche der beiden Schwestern die Bösere war«, überlegte Marie.

»Ich denke, das ist so wie bei uns«, fand Rosa.

»Du meinst doch nicht etwa …«

»Ich werde mich hüten, das Offensichtliche auszusprechen.«

»Das ist recht weise von dir.«

»Machen wir weiter?«, fragte Rosa unvermittelt.

»Mit Foltin? Wir könnten ihn erpressen, uns Rollen in seinen Tatortkrimis zukommen zu lassen.«

»Ich meine es allgemeiner. Mit unserer Ermittlertätigkeit, mit Frühauf.«

»Wenn er uns will.«

»Dann heben wir das Glas auf die beiden Herberts in unserem Leben.«

»Und auf Rosmarie Weichsler und ihre Zukunft«, sagte Marie und leerte ihr Glas.

Demnächst:

ROSMARIE WEICHSLER
und das Echo von Steyr

J. J. Preyer

Geboren 1948 in Steyr, studierte Germanistik und Anglistik in Wien. Lehrtätigkeit in der Jugend- und Erwachsenenbildung. Ab dem 14. Lebensjahr literarische Veröffentlichungen. Mitarbeit an der Kinderzeitschrift KLEX von Peter Michael Lingens. 1996 gründet Preyer den Oerindur Verlag für lesbare Literatur und Krimis. Seit 2010 schreibt er für die Romanserie JERRY COTTON. Er ist Mitglied im Syndikat und bei den österreichischen Krimiautoren.